眠る男

眠る男

ジョルジュ・ペレック
海老坂武訳

水声社

フィクションの楽しみ

目次

おまえは家の外に出る必要はない。机にじっとして、耳を傾けるのだ。耳を傾けてさえもいけない、ただひたすら待つのだ。待ってさえもいけない、完全に沈黙して、ひとりになりきるのだ。そのとき世界は、おまえがその仮面を剝ぐようにと、やってきておまえに身を委ねるだろう、世界にはそれ以外のことはできないので、恍惚として、おまえの前で身をよじるだろう。（原書の仏語からの訳）

フランツ・カフカ（『罪、苦悩、希望、真実の道についての省察』）

目を閉じるやいなや、眠りの冒険が始まる。部屋のよく知りつくした薄暗がり、こまごまとした事物で区切られている薄暗い広がりにかわって——この薄暗がりの中で記憶の働きによっておまえは何度も通ったことのある道筋を難なく見きわめ、半透明の四角な窓から発してその道筋を引き直し、ぼんやりとした影から発して洗面所を、一冊の本のもっと明るい影から発して棚をそれぞれ蘇らせ、ぶらさがった洋服のもっと黒ずんだ塊を定かにするのだが——しばらくたつと、二次元の空間が現われてくる、いわばはっきりとした境界のない絵で、おまえの両眼を結ぶ面とごくわずかな角度をなしていて、まるで鼻梁のうえに、ただしぴたり垂直にではなく置かれているかのようだ、その絵は初め、一面に灰色、というよりはくすんでいて、色も形もないように見えるかもしれないが、少くとも二つの特性を持っていることが、おそらくかなりすみやかにわかる。第一は、おまえが眼瞼をいくぶんなりとも強く閉じるにつれて、その絵がいくぶんなりとも暗くなっていくということで、まるでそれは、より正確に言うなら、目を閉じるときに眉毛の並びに及ぼされた収縮が、その結果として、身体にたいするその画面の傾きを変えてしまう、とでもいった具合なのだ、まるで眉毛の並びがその画面の蝶番をなしていて、その結果、といってその結果は自明という以外に証明のしようがないようであるが、おまえの感ずる薄暗がりの密度なり質なりを変えてしまう、とでもいった具合なのだ。第二は、この空間の表面が全然一様でない、というか、より正確に言うなら、薄暗がりの配分、分配が均等になされていないということだ。上部一帯は明らかにより薄暗く、おまえの近くにあると思われる下部一帯は——もちろんすでに、遠近、高低、前後といった概念はまったく明確ではなくなってしまったのだが——一方ではずっと灰色に近い、つまり、おまえが初めそう思ったほどくすんでいなくて、まったくのところはるかに白色に近い、そして他方ではこの下部一帯は、一種類、二種類、または数種類の袋や嚢を包み込んでいる、ないしは支えている、そこでおまえはたとえば涙腺を想像してみるわけだが、それらの袋は繊毛のある細い縁に囲まれていて、そのなかでは、ごくごく白い閃光が、ときとしてごく細い縞模様に似てごくほっそりと、ときとして蛆虫に似てはるかに太く、ほとんど厚ぼったく、揺らめき、動き回り、身をよじっている。これらの閃光は、閃光というのはまったく不適当な言葉だが、見つめることができぬという奇妙な長所を備えている。おまえがすこしそれに注意力を注ぎすぎるやいなや——それにそうしないことはほとんど不可能なのだ、というのも、結局のところ閃光は目の前で跳びはねているのに、残りのものはすべて存在しないも同然だからだ——実際は、本当に感知しうるものといえばせいぜい、おまえの二つの眉毛の接点と、薄暗がりが不均等に広がっている、どうにかこうにか知覚しうるあの二次元の漠とした空間だけになってしまう、しかしながら、おまえが閃光をじっと見つめるやいなや、見つめるというこの言葉はもちろんもう何も意味しないのだけれども、たとえば、その形とか、実体とか、細部とかについて少しでも突きとめようとするやいなや、おまえは、半透明の長方形からふたたび四角になった窓の前に、目を開いている自分の姿をきっと見出すことができる、といってこの袋、あるいはこれらの袋が窓に似ているわけではすこしもないのだけれども。けれども、また目を閉じてしばらくすると、閃光が再び現われてくる、また閃光とともに、眉毛のうえに接合されて、いくぶんかしいだ空間が再び現われてくる、そしてどうやら閃光は、そのたびに変化してはいないのだ。ただ、この最後の点についてはおまえは完全に確信は持てない、というのも、一瞬すぎたかすぎないかのうちに、また、閃光が事実上消えてしまったなどと言えるようなものはまだ何もないのに、おまえは光がいちじるしく弱まったということを確認することができるからだ。いまやおまえは、縞模様をなした一種のグリザイユ（灰色の濃淡、明暗のみで描かれた作品）を相手にすることになる、そのグリザイユは、多少ともおまえの眉毛を延長しているがたえず左側にそれていくほどいわばいびつなあの同じ空間の一部をいぜんとしてなしている。おまえは全体を引っくり返したり、ただちに目覚めを惹き起こしたりせずに、この空間を見つめ、探ってみることはできる、だがそれはまったく興味のないことだ。何かが生じてくるのは右側だ、いまの場合、多少後に、多少上方に、多少右手に、一枚の板だ。その板はもちろん目に見えない。おまえはただ、別にその上に乗ってもいないのに、その板が固いということだけは知っている、というのも、まさしくおまえは、おまえ自身の身体という、実に柔らかなものの上にいるからだ。そのとき、まったく驚くべき事態が生じてくる。まず、混同することの許されない三つの空間がある、柔らかに水平に拡がり、色の白いおまえの身体すなわち寝台、ついで、斜に傾いだ、平凡な、灰色の空間を支配している眉毛の並び、最後に、静止しているきわめて固い板、上側にあって、おまえと平行になっているがおそらく近づくことのできる板だ。なるほど、明らかなことといえば、たとえ明らかなことはこれしかないにしても、もしこの板の上に這いあがるならおまえは眠るということ、板とは眠りであるということだ。この行動の原理はこの上なく単純だ、どこから考えてみても、そのためにはおまえに多くの時間が必要だろうとおまえには思われるにしても。寝台、身体を、一つの点、一つの球でしかもうないというところまで縮小する必要があるからだ、あるいは、結局同じことになるが、身体のいっさいの柔らかさをへらして、これをただ一箇所に、たとえば、腰椎骨のような箇所に集中させる必要があるからだ。しかしながら、身体はこの瞬間、先ほどの鮮かな統一をもうまったく示さない、事実、身体は四方に伸び拡がるのだ。おまえは足の指なり、手の親指なり、腿なりを、中心に連れ戻そうとする、ところがそのとき、そのたびにおまえが忘れている規則がある、すなわち、板の固さを絶対に忘れてはならないということだ、抜け目なく取りかかり、おまえの身体がそうとすこしも気づかぬうちに、おまえ自身はっきりとそう知らぬうちに、おまえの身体を連れ戻すべきだったということだ、だがもう手遅れだ、もうずっと前からそのたびに手遅れになるのだ、そして奇妙な結果として、眉の並びはふたつに割れて、中央に、両眼のあいだに、あたかも蝶番が全体をそっくり支えてでもいたかのごとく、あたかもこの蝶番の力全体がこの場所に寄り集まってでもいるかのごとく、はっきりとした、疑いもなく意識された痛みが突如生じてくる、頭痛のなかでももっとも平凡なものであるとすぐに見分けられる痛みだ。

おまえは座っている、上半身ははだか、パジャマのズボンだけをはいて、もともとは女中用のおまえの部屋*の、ベッドがわりに使っている横巾の狭い長椅子の上に、一冊の本、レイモン・アロン（フランスの哲学者、社会学者。サルトルと同級生。一九〇五―一九八三）の『工業社会論』が膝の上に置かれ、百十二頁目が開かれている。

はじめはただ、倦怠感、疲労感のようなものだ、まるでおまえがずっと前から、何時間も前から、痛みはあるかないかだが我慢のならない、ぐったりするような潜行性のめまいの虜になっていて、そのことに突如気づいたといった具合なのだ、筋肉もなく骨もないという、いくつもの石膏袋に取り囲まれた一つの石膏袋という、あまったるい息の詰まるような感覚。

屋根のトタンに太陽が照りつける。おまえの正面、目の高さのところ、白木の棚の上に、なかば呑みさしのネスカフェの入ったうすよごれた茶碗、残り少ない角砂糖の箱、それに、白っぽいまがいの乳白ガラス製の宣伝用の灰皿に吸いかけの煙草が一本置かれている。

誰かが隣りの部屋で往ったり来たり、咳をし、足を引きずり、家具を動かし、引き出しを開ける。水滴が一つまた一つ、踊り場の水道の蛇口でたえず玉をなしている。サン・トノレ通り（パリの中心部セーヌ川の北にある通り。高級ブランド店が並ぶ）の騒音がはるか下の方から昇ってくる。

サン・ロック教会の鐘が二時を打つ。おまえは目をあげ、本を読むのをやめる、だが実は、もうだいぶ前から読んではいなかったのだ。開いたままの本を長椅子の上、身体のわきに置く。手を伸ばして、灰皿のなかでけむっている煙草の火をもみ消し、茶腕のネスカフェを呑み終える。かすかにぬるみが残っている程度で、甘すぎ、いくぶん苦い。

おまえは汗でびっしょりだ。立ちあがって窓の方に行き、窓を閉める。小型洗面所の水道の蛇口をひねり、湿った手袋状タオルを、額の上、襟首の上、両肩の上にあてる。手足を折り曲げて、横巾の狭い長椅子の上に横になる。おまえは目を閉じる。頭は重く、両足はしびれている。

すこしたって、試験の日がやってくる、だがおまえは起きあがらない。あらかじめ予定した動作というわけではない、それにこれは動作ではなく動作の欠如、おまえがしない動作、することを避けている動作なのだ。おまえは前の晩早く床についた、眠りは安らかだった、目覚ましのねじを捲いておいたし、目覚ましが鳴るのも聞こえた、すくなくとも数分間は鳴り出すのを待っていた、暑さのためか、光のためか、牛乳屋や清掃作業員のたてる物音のためか、期待感からか、すでに目を覚ましていたのだ。

目覚ましが鳴っている、おまえはぴたりとも動かない、床のなかでじっとしたまま、目をまた閉じる。まわりの部屋で他の目覚ましが鳴り始める。水の流れる音、ドアの閉まる音、階段を足早に降りていく音が聞こえる。サン・トノレ通りは自動車の音で充たされ始める。タイアの軋り、ギアチェンジ、短かい警笛。鎧戸のがたがたという音、商人たちはシャッターを上にあげる。

　おまえは動かない。おまえには動く気がない。もう一人の男、おまえに瓜二つの男、細心で幽霊のような分身が、おそらく、おまえがもうしない動作を、ひとつひとつ、おまえのかわりにする。そいつは起き、顔を洗い、髭を剃り、服を着て、外に出て行く。おまえは彼が、階段を走り降り、通りを駆け抜け、走っているバスに飛び乗り、定刻に、息を切らせながらも意気揚々と、「一般社会学高等教育資格取得試験。第一次筆記試験」と書かれた教室の入口にたどりつくがままにしておく。

　おまえはずっと後になってから起きあがる。かなたの教室では、がつがつとしたあるいは苛々とした頭がいくつも、物思わしげに机の上に屈み込んでいる。友人たちのおそらく心配気なまなざしが、空いたままのおまえの座席の方に集まっている。おまえは、疎外について、労働者について、現代性について、レジャーについて、ホワイトカラーあるいはオートメーションについて、他者の認識について、トックヴィル（フランスの歴史家。政治家。民主主義論で知られる。一八〇五—一八五九）のライヴァルとしてのマルクスについて、ルカーチ（ハンガリーの哲学者。マルクス主義者。一八八五—一九七一）の敵としてのウエーバー（ドイツの社会学者。『プロテスタンティズムと資本主義の精神』。一八六四―一九二〇）について、おまえの知っていること、考えていること、考えるべきこととして知っていることを、四枚か八枚、せいぜい十二枚の紙で語る気にはなれない。いずれにしても、おまえは何も語りはしなかっただろう、なぜなら、おまえはたいしたことは知らないし、何も考えてはいないからだ。おまえの席は空いたままだ。おまえは学士《リサンス》の課程を終えることはあるまい。免状をとる気には二度となるまい。もう学業は続けないだろう。

　いつものように、おまえはネスカフェを一杯つくる。いつものように、数滴の甘いコンデンス・ミルクをこれに加える。おまえは顔を洗わない、着換えをすることもほとんどない。桃色のプラスチック製洗面器のなかに、おまえは三足の靴下を漬ける。

　燗眼な受験者たちにどのような問題が呈出されたのか、それを探りにおまえは試験場の入口に行くことはしない。カフェに行くこともしない、習慣の欲するところによれば、おまえはいつものように、いやいつにもまして格別に重要な意味あいを持つこの日には、友人たちに会いにカフェへ出かけるところだが。友人たちのあるものは、翌日の朝、おまえの部屋に通ずる階段を六階までせっせと登ってくる。その足音をおまえは階段のところで聞き分ける。おまえは彼が部屋の戸をたたき、様子をうかがい、もう一度、前よりもいくぶん強くたたき、扉の框《かまち》の上部に鍵がないかを探し、というのもおまえはパンやコーヒー、煙草や新聞や郵便物を探しに下へ降りて数分間留守にするとき、部屋の鍵をよくそこへ置いていくからだが、もう一度様子をうかがい、そっとたたき、低い声でおまえの名前を呼び、躊躇し、重苦しい足取りでまた下に降りていくのをそのままにしておく。

すこしたって、彼はまたやって来た、そして、ドアの下に一言記した紙切れを滑り込ませた。ついで、翌日、翌々日、他の友人たちがやってきて、戸をたたき、鍵を探し、名前を呼び、伝言を滑り込ませていく。

おまえは紙切れを読み、それをくしゃくしゃに丸める。そこには、会うための約束の時間と場所とが指定されているのだが、おまえは出かけていかない。両腕を首の後にまわし、両膝を立てて、おまえは横巾の狭い長椅子の上に寝そべったままでいる。天井を眺め、天井の割れ目を、剥片を、染みを、でこぼこを発見する。おまえは誰にも会う気がしない、話すことも、考えることも、外に出ることも、動くこともしたくない。

そのすこし後か、すこし前か、そのようなある日、おまえは何かがしっくりとしないこと、誤解を恐れずに言えば、生きることができない、二度とできないであろうことを驚きもなしに発見する。

屋根のトタンに太陽が照りつける。女中部屋（彼が住んでいるのは屋根裏の、昔女中部屋として使われていた部屋）にこもる熱気は耐えがたい。おまえは膝の上に本をひろげたまま、長椅子と本棚のあいだにうずくまる。もうだいぶ前から本は読んでいない。おまえの目は、白木の棚の上に、六本の靴下が漬けられたままの桃色のプラスチック製洗面器に、じっと注がれたままだ。灰皿に捨てられた煙草の煙が、垂直に、ないしはほとんど垂直にのぼり、小刻みの亀裂の走っている天井の下に、形を変えながら一面に広がっていく。

何かが壊れつつあった、何かが壊れてしまった。おまえにはもう――どう言ったらよいのか？――何かに支えられているという感じがない。これまでおまえを力付けてきた、おまえの心を温めてきたとおまえには思われていたし、いまでも思われる何か、自分は存在している、自分は重要だとさえ言える、そういう感覚、世界に属し、世界に漬かっているという感じ、それが欠けてきたのだ。

とはいってもおまえは、自分ははたして存在しているのかどうか、なぜ存在しているのか、どこからやってきて、何ものであって、どこへ行こうとしているのか、といったたぐいのことを考えるのに、起きている時間を費す連中の仲間ではない。おまえは一度として卵が先か鶏が先かをまじめに自分で考えてみたことはなかった。形而上学的な不安によっておまえの上品な顔立ちが目につくほど深く彫り込まれたということはなかった。それにしても、あの矢のような弾道から、あの前方へむかう運動から、何ひとつとして残っていないのだ、この運動の中でおまえは、自分の人生を、つまり人生の意味《サンス》、人生の真理、人生の緊張を見定めるようたえず促されていたのだが。数々の豊かな経験、きちんと記憶に留められている教訓、幼年時代の輝くような思い出、田園のはちきれんばかりの幸福感、生命を蘇らすような海風、そのようなもので一杯になっている過去があり、濃密な、緊密な、ぜんまいのように畳み込まれた現在があり、青々として、風通しのよい、豊かに拡がる未来があった。いま、おまえの過去、現在、未来は一つになっている。手足のただひたすら重苦しい感じ、潜行性の頭痛、倦怠感、暑さ、ネスカフェの苦味と生ぬるさだ。そして、おまえの人生に舞台が必要であるなら、それは、人類の勝利者たちの頬のふっくらとした子供たちがはしゃぎまわり、飛び跳ねている豪華な遊歩道（普通は壮大な錯覚なのだが）ではなくて、おまえがどんなに努力をしようとも、どんな幻想をまだ抱いていようとも、それは、おまえの部屋に使われているこの屋根裏の細長い場所、縦二メートル九十二センチ、横一メートル七十三センチ、すなわち五平方メートルをごくわずかに越えるだけのこの屋根裏のみすぼらしいねぐら、何時間来、何日来、おまえがもう身を動かさないこの屋根裏部屋なのだ。おまえは長椅子の上に腰をおろしている、それは丈が短かすぎて、夜ゆったりと身体を伸ばして寝そべることもできず、横巾が狭すぎてなんの気なしに寝返りをうつこともできないしろものだ。おまえはいま、ほとんど魅せられたような目で、六本の靴下がきっちりおさまっている桃色のプラスチック製洗面器に見入っている。

おまえは部屋にじっとしたままだ、食べず、読まず、ほとんど身体を動かすこともなく。おまえはじっと見つめている、洗面器を、棚を、おまえの膝を、ひび割れのした鏡に映るおまえのまなざしを、茶碗を、電気のスイッチを。おまえは耳を傾けている、通りの騒音に、踊り場の水道の蛇口からもれる水滴に、隣室の男のたてる物音に、咳払いの音、引き出しの開け閉め、ゼーゼーという咳込みの音、やかんのシューシューという音に。おまえは天井に目を向け追っている、ほっそりとした一筋の割れ目のくねくねとした線を、一匹の蝿のたどるあてどもない道すじを、進行具合のおおむね測定しうる影の拡がりを。

これがおまえの生なのだ。これがおまえの手にしているものだ。おまえはあるかないかの財産の正確な目録、おまえが生きた四半世紀の明細書を作ることができる。二十五歳と二十九本の歯、三枚のYシャツと八本の靴下、もういまでは読むことのない数冊の本、聞くことのない数枚のレコードだ。ほかのことは思い出す気にもなれない、家族のことも、学校のことも、恋愛のことも、友人のことも、ヴァカンスのことも、未来の企てのことも。おまえは旅をした、だが旅から得たものは何ひとつなかった。おまえは腰をおろしている、そして、待つことだけを望んでいる、もう何ひとつ待つものがなくなるまでひたすら待つことだけを。夜よ来い来い、鐘よなれ、日々よ去れ、思い出よ消えて行け。(アポリネールの詩「ミラボー橋」の一句の変形)

おまえは友だちに会わない。おまえは部屋の戸を開けない。おまえは郵便物を取りに下へ降りていかない。おまえは教育研究所の図書館から借りてきた本を返さない。おまえは両親に手紙を書かない。

おまえが外に出るのは夜のとばりが降りてからだけだ、鼠のように、猫のように、化物のように。おまえは街なかをうろつく、おまえは中央大通り《グラン・ブルヴァール》（マドレーヌ寺院からレピュブリック広場に至る大通りの総称。かつては劇場や見世物小屋が立ち並び、お祭りの中心地だった）のうす汚れた小さな映画館に滑り込む。ときとして、一晩中歩きとおすことがある。ときとして一日中眠り込むことがある。

おまえはのらくら者だ、夢遊病者だ、牡蠣だ。定義の仕方は、時刻によって、日によってそれぞれ違うが、その意味はいつでもほぼ明らかだ。おまえは、生活すること、行動すること、物を作り出すことにはほとんど向いていないと感じているのだ。おまえは持続することだけを望む、待つことと忘れることだけを望むのだ。

現代生活はおおむねこうした性向をほとんど評価しない。おまえは自分の周囲で、行動が、壮大な計画が、熱狂が、特権視されるのを始終目にしてきた。前に身を乗り出す人間、地平線をじっと凝視する人間、前方をまっすぐ見つめる人間。透きとおったまなざし、意志の強そうな顎、自信たっぷりの足取り、引き締った腹。粘り強さ、決断力、見事な一撃、大成功、これらの言葉が、しごく模範的な人生のしごく明快な道をつけ、生存闘争の神聖きわまりない姿を描き出している。足踏みし、泥沼にはまり込んでいる連中すべての夢をはぐくむ優しい嘘、数かぎりない敗残者たち、来るのが遅すぎた連中、歩道にトランクを置いてその上に腰をおろし、額の汗をぬぐっている連中の幻滅を紛らす優しい嘘。だがおまえは、言い訳も、後悔も、過去への想い《ノスタルジー》ももう必要とはしない。おまえは何ひとつ捨ててはいない、何ひとつ拒んではいない。おまえは前に進むことをやめたが、それはおまえが前に進んでいなかったからだ、おまえは再び出発することはない、おまえは到着した、もっと先へ行ったところで何をしてよいのかおまえにはわからないのだ。あまりにも暑かった五月のある一日、脈絡を見失ってしまったある文章、突如あまりにも苦く感じられた一杯のネスカフェ、そして六本の靴下がぶかぶかと浮いている黒ずんだ水でいっぱいの桃色のプラスチック製洗面器、これらすべてが折悪しく結びついただけで十分だった、ほとんど十分だったと言っていい、何かが壊れ、変質し、解体してしまうには、そして白日のもとに——とはいってもサン・トノレ通りの女中部屋では日はけっして白日とはならないのだが——ロバ帽（罰を受けた生徒がかぶらされたロバの耳をかたどった帽子）のように物悲しく滑稽で人をがっかりとさせる真実、ガフィオの辞書*のように重い次の真実が現われ出るには、「おまえにはやり続ける気がない、自分を護る気も、逆に攻撃をする気も」

おまえの友人たちはうんざりとしてしまい、もう部屋のドアをたたくこともない。おまえは彼らに出合いそうな道をもうめったに歩かない。ときとして、偶然道で出会う友人の質問や視線は避けてとおる、ビールかコーヒーでも、という誘いは拒む。夜と部屋だけがおまえを保護してくれる。部屋には横巾は狭いが身体を伸ばしていられる長椅子があり、たえず新たな発見をうながす天井がある。夜は中央大通り《グラン・ブルヴァール》の人の群れにまじってただひとり、音と光、人びととの動き、自分の忘れ去られている状態に、おまえは幸福らしきものを覚えることがある。おまえは口を利く必要もなく、意志を持つ必要もない。共和国広場からマドレーヌ寺院へ、マドレーヌ寺院から共和国広場へ、往ったり来たりする人波に付き従うだけだ。

おまえはあれこれと診断をくだす癖もなく、また診断をくだす気もない。おまえを不安にするのは、おまえを感動させるのは、おまえに恐怖を与えるがときとしておまえの心を高揚させるのは、おまえの変貌の唐突さではなく、まさしくその反対で、これは変貌ではない、何ひとつとして変ったわけではない、そうと知ったのは今日初めてであるにしても自分は常にこうだった、という漠とした重苦しい感じなのだ。ひび割れのした鏡に映るこれ、これはおまえの新たな顔ではない、仮面が崩れ落ちただけなのだ、部屋の暑さが仮面を溶かし、麻痺状態が仮面を剥がしたのだ。まっとうな道の、麗わしい確信の仮面を。二十五年のあいだ、いまではすでに厳として存在するものについて、おまえは何も知らなかったのか？　おまえの物語とされているそのもののなかに、一度として裂け目を見たことはなかったのか？　無為の時間を、虚脱状態を。もう聞きたくない、見たくない、黙ってじっとしていたいという、すぐに消えはするが胸をえぐるような欲望を。気違いじみた孤独の夢想を。「盲人の国」（イギリスのSF作家、ハーバード・ジョージ・ウェルズの作品の『盲人の国』（一九〇四年）であろう）をさまよう健忘症患者。

広々とした人気のない街、冷たい光、押し黙った表情があるだけで、その上をおまえの視線はすべっていくだろう。おまえの方が傷つけられることは決してないだろう。

おとなしい坊や、真面目な生徒、気さくな友達、といった波爛のない安心して聞いていられるおまえの物語の下に、成長、成熟をきざむ目に明らかな、明らかすぎるほどのあのさまざまなきざし——トイレのドアの縁枠に書いた鉛筆の落書、卒業免状、長ズボン、初めての煙草の味、かみそり負け、アルコール、土曜の晩の外出のたびにマットの下に置かれる玄関の鍵、ふでおろし、初めての飛行、砲火の洗礼（兵役）——の下に、まるでもう一本別の糸がずっと前から走っていたかのごとくなのだ、それはいつでもそこにあり、ただいつでも遠ざけられていたのだが、その糸がいま、再び見出したおまえの生のおなじみのカンバスを、捨ててしまったおまえの生のからっぽの舞台を織りなしている、さまざまな思い出が再び現れて来る、あの暴き出された真実、あれほど長く留保していた自己放棄、あの静寂への呼びかけ、こういったものについてのさまざまな心像《イマージュ》、動かず、ぼんやりとした心像がほのかに見えて来る、露出過度でほとんど真白、ほとんどくすんで、ほとんどすでに化石の写真の数々。一筋の田舎道、閉じられた鎧戸、くすんだ人影、兵舎のなかでぶんぶん飛んでいる蠅、灰色のカバーで覆われた客間、一筋の光のなかに宙吊りにされた埃、樹木のない野原、日曜日の墓地、車での遠出。

ある木曜の午後、横巾の狭い長椅子の上に座っている男、膝の上に一冊の本を拡げ、放心の眼をして。

おまえはぼんやりとした影、無関心の固い核、視線を逃れる中性の視線にすぎない。唖のように閉じられた唇、輝きを失った眼、以後おまえが、水溜まりのなかに、ガラス窓のなかに、車のぴかぴかした車体の上に見定めうるのは、スピードを緩めたおまえの生を映す束の間の影だ。おまえのうわのそらの手は白木の棚に沿って滑る。水は踊り場の水道の蛇口から滴たっている。隣室の男は眠っている。停車中のディーゼルエンジンのタクシーの弱々しい喘ぎは街の沈黙を破る、というよりもむしろこれを強める。忘却はおまえの記憶のなかに滲み込んでくる。何ごとも起こりはしなかった。何ごともう起こりはすまい。天井の割れ目がありそうにもない迷路を描いている。

こういったうつろな日々が何日か過ぎた、部屋には、大鍋のなかのような、大窯のなかのような暑気がこもり、桃色のプラスチック製洗面器のなかには、ぐにゃりとした鱵、まどろむ鯨といったていの六本の靴下があった。目覚めの時刻に鳴らなかった、鳴らない、鳴ることのないであろうあの目覚ましがあった。おまえは、開いたままの本をかたわらに、長椅子の上に置く。おまえは身体をのばす。重苦しさ、ざわめき、けだるさ、何もかもだ。おまえは滑っていくままになる。眠りのなかに潜り込む。

まず初めに、幾つかの心像《イマージュ》、慣れ親しんだ、あるいは、固定観念となった心像がある。たとえば並べられたトランプのカード、おまえはたえずそれを手に取っているが、思うように揃えることには決して成功せず、うまく揃え終えること、揃えるのに成功することが必要だという不快な感じを後に残す。まるでなにか重要な真理の開示がそれにかかってでもいるかのように、ところがおまえが繰り返し手に取り直し、置き直し、分類し直しているのは、いつも同じ一枚のカードなのだ。たとえば昇ったり降りたり住ったり来たりする人の群。たとえばおまえを取り囲んでいる壁、その秘密の出口を、内壁を揺るがせ天井を吹き飛ばすような隠れボタンをおまえは探しているのだ。たとえばぼんやりと描かれ、逃れていっては再び戻ってきて、消えてしまう、近づいてはぼやけていく物の形、炎なのか、あるいは踊っている女なのか、影のつくりなす綾なのか。

　もっとあとになると、もう自分で道を切り開くことのできないさまざまな思い出、もう何も証明することのない証拠の品々が現われてくる、ただ、アバディーン（スコットランドの北海に面した都市）、インヴァネス（スコットランド北部の小都市）の天文台が、はるか彼方の星々からやってくるシグナルを捉えるのに実際に成功した、ということはどうもたしからしい。それはアンドロメダ座の星雲だったのか、あるいはゴル＝ブルダッハ束の布置《コンステルラシオン》（脊髄を走る迷走神経名、ゴル束、ブルダッハ束のこと。天文台が出てきたので星座を意味するコンステルラシオンと言葉がつながっている）だったのか？　それとも四丘体（四畳体とも言う。中脳の背面にある）だったのか？　たえずおまえの念頭を占めている問題の直截かつ明快な答はこうだ。無用な札が捨てられないかぎりジャックは決してハートの最強の札にはならない。入り組んだ意味を帯びた支離滅裂な言葉がおまえのまわりをぐるぐる廻っている。いかなるカードの城（脆くはかない夢想や計画）のなかにいかなる人間が閉じ込められているのか？　いかなる糸？　いかなる〈掟〉？

正確で、論理的であらねばならぬ。方法を立てて行動すること。ある瞬間には、なんとしてでも、停止し、熟慮し、状況をじっくりと吟味するすべを知らねばならぬ。おまえの頭のまんなかに湖があるという場合にも——それはありそうなことというだけでなく、あたりまえのことなのだ、ただそう主張しうるためには用心が必要だが——そこに到達するにはかなりの時間が必要とされよう。そこに通ずる小径がないし、小径は決してないのだし、岸辺近くでは、一年のこの時期にはいつでも危険な草に注意しなければなるまい。もちろん、小舟もないだろう、小舟はほとんどといっていいくらいないのだ、しかしおまえは泳いで渡ることもできる。

もっとあとになると、もちろん、湖は一度としてなかったことになる。湖が一度としてなかったことをおまえははっきり覚えている。とはいうものの、すでにだいぶ前から、眠りはおまえの前にある、これまで以上におまえのすぐ近くに。それはいつもの形をしている。丸い球、というよりはむしろあぶく玉だ、大きな、非常に大きなあぶく玉で、もちろん透明だが、ガラスでできてはいない、むしろ石鹼でできていると言えるかもしれぬ、ただ、とても固い石鹼で、ぜんぜんねちゃつかず、ぼろぼろになることもまずない。あるいはまた、おそらく、むしろ、きわめてきめの細かい、ぴんと張り切った皮膚と言えるかもしれぬ。眠りのすべての特徴がここにある、当然のことだが、おまえは眠りというものを知るのにその特徴をいちいち探す必要すらなく、これを数えあげるだけで十分なのだ。上の方で、あぶく玉はバラ色にそまり、正面では皮が剝げ、横手では呼吸をしようと弱々しく試みている。残りの部分は枕の一部をなしている、右手の親指と人差指とで作っている輪のうえに軽く及ぼしている圧力によって、おまえはその枕に巻きつけられ、くくりつけられている。

いまではそれがはるかに難しくなる。まず、あぶく玉がごまかしをやったということが明らかになり始める。それはぜんぜん球形をしていなくて、むしろ、魚の形、紡錘形をしている。次に、あぶく玉の透明さだが、それはまったく並の程度のもので、枕の透明さをほとんど上回らない。最後に、何よりも大事なこととして、あぶく玉は、上の方でバラ色にそまっているということはない。おそらく確かだったことはせいぜい、あっという間に数をました鱗の剥離と、弱々しい状態を脱してゆったりとなった呼吸だけである。だが、何にもまして厄介なのは、急速に昇った全体の温度で、それはすぐにも臨界に達せんばかりだ、だんだんと数をましてゆく剥皮は疑いなくこの臨界の前兆なのだ。

この事態は不愉快である。実際にありもしないこんな細ごまとしたことにおまえが注意を傾けたのは誤りだった。明らかに、これは罠でしかなかった、そしていま、おまえはすっぽり枕の内部に囚われている、その中はとても暑くとても暗いので、外に出るにはどうしたらよいのかと幾分不安がないでもなくおまえは考えている。幸にして、こうした事態のなかに身を置くのは初めてのことではない。地平線に地面の起伏を、あるいは、暗闇のなかに一筋の光を、湖を、あるいはそっと滑り込めるすがすがしい場所なりを見つけさえすればよいのだということをおまえは知っている、それに、まさしくおまえは、滑っていくおどろくべき才能を備えていると自分では感じている。だが探しても無駄だろう、おまえの前には何もない、地平線も、光も、湖も、何もない、ただ、黒く、厚く、息を詰まらす枕があるばかりだ。といってそれでおまえが驚くわけでもない、幾分覚悟はしていたのだ。おまえは背後を探してみる、すると、もちろんすぐさま、おまえは気がつくのだ、おまえは本当に閉じ込められていたのでさえなかったことに、この間ずっと、眠りが、本当の眠りがおまえの背後に、おまえの前ではなく背後にあって、その長々と続く灰色の浜辺、その凍てついた地平線、白あるいは灰色の光の横切るその黒い空によって、実によく見分けられたことに。おまえは一挙にそれを目にする、即座にそれを見分ける、だが、それに到達するには例によって遅すぎる。またこの次の機会だ。おまえはまた次のことを知っていた、あるいは、あらかじめ知っておくべきだった。決して身体の向きを変えてはいけないということを、いずれにせよそんなに突然に変えては。でないと、すべてがごちゃごちゃになって壊れてしまう、枕が落ちて頰っぺたごと持っていかれ、前腕、人差指、両足がつぎつぎに引っくり返される。灰色の採光換気窓はおまえからほど遠からぬところにまたおさまり、屋根裏の穴倉が再び形をなし、再び閉じられ、おまえは長椅子のうえに腰をおろしている。

もっとあとになると、おまえはパリを去る。行きあたりばったりに出かけるのではない、オーセール（Auxerre. パリとディジョンの中間にある都市）の近くの田舎の両親のもとへだ。幾分さびれた町で、おまえの両親はここで隠居生活を送っている。おまえはこの町で子供時代の数年と、ヴァカンスを何回かすごした。城砦の廃墟は丘のうえにそそり立ち、そのふもとに村が拡がっている。そこから遠からぬところに、ある聖者が暮したとかいう洞穴があり、訪ねてみることもできる。教会の横手の広場には、百年を経たと繰り返し語られる一本の木が立っている。

おまえはこの町に数カ月とどまる。食事どきに、おまえたち三人はラジオのニュースとクイズ番組に耳を傾ける。毎晩おまえは父親とブロット（三十二枚のカードでするポーカーに似たゲーム。庶民的なゲーム）をする、勝つのは父親だ。夜は早く、両親より前に、九時になると床につく。ときとして一晩中本を読むことがある。おまえの部屋で、納屋から、整理簞笥の奥から、十五歳のころの愛読書を見つけ出してくる、アレクサンドル・デュマ（フランスの小説家、劇作家。『三銃士』。一八〇二―一八七〇）、ジュール・ヴェルヌ（フランスの冒険科学小説家。『八〇日間世界一周』。一八二八―一九〇五）、ジャック・ロンドン（アメリカの小説家。『野性の呼び声』。一八七六―一九一六）、それに、以前帰省するたびに持ってきた推理小説の類だ。それらの本を、おまえは一行も飛ばさずに丹念に読み返す、まるですっかり忘れてしまったかのように、一度も本当に読んだことがないかのように。

　両親に話しかけることはほとんどない。顔を合わすのは食事の時間ぐらいのものだ。毎朝おまえは床のなかでぐずぐずしている。二人が家のなかを往ったり来たり、階段を昇ったり降りたり、咳をしたり、引き出しを開けたりする音を聞いている。父親は鋸で木を挽いている。食料品の行商人が玄関の近くでクラクションを鳴らしている。犬がほえ、鳥が歌い、教会の鐘が鳴る。背の高いベッドに寝そべり、羽根ぶとんを顎のところまで引きあげ、おまえは天井の梁を眺める。灰色、というよりもほとんど白茶けた腹をした小さな蜘蛛が一匹、桁の角に巣を張っている。

おまえは台所の防水布で覆われたテーブルにつく。母親はカフェ・オ・レを一杯つぎ、パン、ジャム、バターをおまえの方に差し出す。おまえは黙々と食べる。彼女は自分の腰のことを、父親のことを、隣近所のことを、村のことを話して聞かせる。テヴノーの奥さんは農地を売って終身年金(ヴィアジェ viager という。財産を売ってかわりに終身年金をもらう制度)に替えたそうだ、モロー家の犬は死んでしまった、高速道路の工事はもう始まっている等々。

おまえは村へ降りて母親にかわって買物をすこしする、父親のためにはパイプ煙草を、自分用には普通の煙草を買う。耕作農民たちは昔は大きな町だったこの土地から逃げ出してしまった。かつては汽車が停ったし、公証人が一人いて、市がたったものだ。農場が二つだけ相変らず残っている。いまでは村は定年退職者たちと、週末と夏ごとに一カ月すごしに来る都会の住人たちから成っていて、夏には冬の人口の二倍か三倍かに脹れあがる。

おまえは改築された家々に沿って歩く。錬鉄で作られたユリの花が張り付けられ、青リンゴ色に塗り変えられた鎧戸、古道具屋の角燈、観賞用庭園、神々の住まわぬロカイユ式洞窟（貝殻、小石、岩などを用いた装飾の人工岩窟）、避暑客の楽園。弁護士、食料品店主、公務員がツゲの枝を切り、砂利を掻きならし、花壇のちりを払い、金魚に餌を与えている。広場には、年少の若者たちの小型オートバイやスクーターがかためて置かれている。煙草屋を兼ねているカフェは人で溢れている。

毎日午後になると、おまえは散歩に出る。まず道路に沿って歩き、やがて、さびれた石切場をすぎたあたりで森のなかに潜り込む。木の枝を一本地面から拾って余計な枝をできるだけ払い取る。おまえは実り豊かな麦畑に沿って歩き、木の棒を不器用にうならせて乱れ茂る草のかしらを刎ねる。おまえは樹々の名前も、花々や植物や雲の名前も知らない。村全体が見える丘の頂上でおまえは腰をおろす。やや離れたところに、それぞれ異なる色をした三つの屋根のある両親の家があり、教会があり、ほぼ眼の高さのあたりに城があり、かつて鉄道の通っていた陸橋があり、共同洗濯場、郵便局がある。ずっと下の方、白っぽい道に、港から出るガリオン船（ペルー、メキシコからスペインへ金銀を運ぶために用いた船）のように、大きなトラックが遠ざかっていく。農夫が一人、畑の真なかで、白と灰のまだらの馬に鋤を引かせている。

小鳥たちが鳴き声を発している、ぺちゃくちゃしたおしゃべり、嗄れた呼び声、トリルに似た鳴き声。背の高い樹々はざわめいている。自然はそこにあっておまえを招き、おまえを愛している。おまえは草をもぐもぐと噛むが、すぐにまた吐き出してしまう。風景はおまえにほとんど感動を与えない、田舎ののどかさはおまえの心を動かさない、田園のしじまはおまえを苛立たせることもなく、気を静めることもない。一匹の昆虫、一つの石、一枚の落葉、一本の樹木、そういったものだけがときとしておまえを魅惑する。ときとしておまえは、何時間もじっとしたまま、一本の樹木を見つめ、描写し、細かく分析する。根、幹、枝、葉、一枚一枚の葉、一筋一筋の葉脈、ふたたび一本一本の枝を、そしておまえの貪るような視線は、どっちつかずのさまざまな形の無限の組み合わせを探し求める、あるいは生み出す。人の顔、街、迷宮とか道路、紋章に騎馬行列だ。おまえの知覚が鋭くなるにつれ、より忍耐強く、より柔軟になるにつれ、樹木は炸裂し、生まれ変わる、数知れぬ緑の濃淡として、同一ではあるけれどもそれぞれ異なる数知れぬ葉として。一本の樹木の前で、おまえは一生をすごすことができるかもしれないという気がするが、ただそれを汲みつくすことも理解することもないだろう、というのもおまえには理解すべきことは何もなく、ただ眺めるだけだからだ。この樹木についておまえが言いうることといえば、結局のところ、それが樹木であるということだけだ。この樹木がおまえに言いうることといえば、それが樹木であること、根があって幹があって枝があって葉があるということだけだ。おまえはこの樹木からその他の真理を望むことはできない。樹木はおまえに提示すべきモラルも持たず、おまえに委ねるべき伝言《メッセージ》も持たない。樹木の力、樹木の荘重さ、樹木の生命、こういった古い隠喩は——そこからなんらかの意味、なんらかの勇気を引き出したいとおまえがまだ願っているとしても——田園ののどかさとか、溜まり水に潜む危険とか、さしてけわしくはないにしても孤り上り坂をたどる小径の勇ましさとか、ブドウの房が太陽をあびて成熟する丘の微笑みとか、こういった言葉と同じく無意味なご褒美カード（成績のよい生徒に渡される絵入りカード）や優等証（成績のよい生徒に渡されるカード）にすぎないのだ。

樹木がおまえを魅惑したり、驚かしたり、休息を与えたりするのはこういうことのためだ、樹皮と枝と葉との、疑われることもなく、疑うこともできぬこの明証のためだ。おまえは、犬がおまえを見つめ、おまえに哀願し、おまえに話しかけるという理由から、絶対に犬と一緒に散歩をしないが、それはたぶんこういうことのためだ。感謝で潤んだ眼、怯えた様子、浮き浮きと跳ねまわるさまを見ると、家畜としての卑しい身分をたえず犬に押しつけざるを得なくなる。人間の前でと同じく、犬の前でも、中立を保っていることができなくなるのだ。それにたいし、樹木が相手なら、対話を交すということが絶対にない。おまえは犬の前では生きられない、犬は始終何かを求めるからだ、面倒を見ること、餌をやること、頭をなでてやること、犬にたいして人間として振舞うこと、主人となること、犬の名を高く叫び、たちまちこれを腹ばいにさせる神となることを。それにたいし、樹木はおまえに何も求めない。おまえは犬どもの神、猫どもの神、貧乏人どもの神となることはできるかもしれぬ、一本の手綱、いくぶんかの綱の弛み、なにがしかの金があるだけで十分だ、だが樹木の主人となることは絶対にないだろう。おまえの方で樹木になりたいと欲することしか絶対にできないのだ。

それはおまえが人間を嫌っているということではない、どうして人間を嫌いになる理由があろうか？　どうしておまえ自身を嫌いになる理由があろうか？　せめて、人類に属するということにあの耐えがたい喧騒が伴わなければいいのだが、せめて、動物界のなかで越えられたこの取るに足らない数歩の見返りが、言葉、計画、大旅行などの慢性的な消化不良といったことでなければよいのだが！　だがそれにしても、親指を他の指に向い合わせになしえ、直立の姿勢をとり、両肩のうえで不完全ながら頭を回転させうるということ（いずれも人類の特徴とされていること）の代償としては、それはあまりにも高くつきすぎるのだ、人生というこの釜、この竈、この鉄灸《てつきゅう》は、この数限りない催告、激励、警告、興奮、絶望は、いつまでも終らぬこの拘束ずくめは、産み出す、圧し砕く、呑み込む、計略に打ち勝つ、何度もたえずやり直す、こういうことのために果てしなく続くこの機械は、おまえのしがない生の毎日、毎時を支配しようと欲するこの甘い恐怖は！

おまえはまだほとんど人生の経験を積んでいない、にもかかわらず、すべてのことがすでに言われ、すでに終ってしまった。おまえはたった二十五歳にすぎないのに、おまえの道はすっかり引かれている。役割が用意され、レッテルが整えられている。乳児期の尿瓶から晩年の車椅子にいたるまで、すべての座席が設けられそれぞれの番を待っている。おまえの冒険はくっきりと図を引かれていて、どんなに激しい反抗をしても誰ひとりとして眉をひそめたりはしないだろう。往来へ飛び出して人びとの帽子を乱暴に払いのけてみても、頭にごみをかぶってみても、素足で歩いてみても、抗議声明を出してみても、誰か権力の簒奪者の通りがかりにピストルをぶっ放してみても*、なんの役にも立たぬだろう。おまえのベッドはすでに養老院の大部屋にしつらえられている、おまえの食卓用具は呪われた詩人たちのテーブルに置かれている。「酔いどれ船」（ランボオ）、つまらぬ奇蹟だ。ハラル（放浪のランボオはアビシニアのこの地の商社に身を落ちつけた）は祭の呼び物、団体旅行というわけだ。すべてが予見され、すみからすみまで整えられている。心の激しいときめき、冷やかな皮肉、胸を引き裂く悲しみ、充足の状態、エグゾチズム、大冒険、絶望、これらすべてが。おまえは魂を悪魔に売ることはない（ファウスト）、足にサンダルをはいてエトナの山*に身を投げに行くことはない、世界の第七番目の不思議を壊す*ことはない。すべてがおまえの死に向けてすでに整えられている。おまえの命を奪う砲弾はずっと前から鋳造され、棺桶に付き添う泣き女たちはすでに指名されている。

どうして一番高い丘の頂上によじ登ることがあろうか、すぐにまた降りねばならぬというのなら？　それにいったん降りたとき、どうやって上に登ったかを語ることで人生を費してしまわぬにはどうしたらよいのか？　どうして生きているふりをすることがあろうか？　どうして生き続けていくことがあろうか？　おまえにどんなことが起こるのか、そのすべてをすでに知ってはいないだろうか？　そうなる定めであったすべてのもの、父親と母親との立派な息子、勇敢なボーイスカウト、もう少しがんばることもできたかもしれない優等生、幼な友達、遠縁の従兄弟、堂々とした軍人、貧乏な青年、それらすべてにおまえはもうなってしまったのではないのか？　幾らか努力をすれば、いや、さして努力をしなくてさえも、あと何年かすれば、おまえは中級の管理職につき、同僚として親しまれるだろう。良き夫、良き父親、良き市民。在郷軍人。一段一段、蛙のように、おまえは社会的成功の小さな段をよじ登っていくだろう。巾広く変化のある範囲のなかで、おまえの欲望にもっともふさわしい人格を選び取れるだろう、その人格はおまえの寸法に合わせて念入りに裁ち直されるだろう。おまえは勲章をもらうだろうか？　教養人？　舌の利く食通？　心をさぐり腎をはかる者（心の奥底を探るの意。「エレミア書」十七—十より）？　動物の愛護者？　おまえは調子ぱずれのピアノを弾いてソナタを台なしにすることに余暇の時間を費すだろうか、もともとおまえにはどうでもよかったソナタではあるが？　あるいはまた、人生にはよいところもあるなどと繰り返しつぶやきながら揺り椅子《ロッキング・チェアー》でパイプ煙草をくゆらすだろうか。

いやそうではない。おまえはパズルの欠けた部分になることをむしろ好む。おまえはちょうどよいときにゲームから手を引く。おまえは自分の側にどんな成功の機会も残しておかない、いかなる籠にもどんな卵も置いたりはしない（「同じ籠に全部の卵を置く」は「一つの事業に全財産を投ずる」の意。ここではその逆）、おまえは牛車の前に鋤を置く〔物事の順序をあべこべにする〕、おまえは鉞《まさかり》を捨て柄を捨てる〔いや気がさして匙を投げる〕、おまえは熊の皮を売る〔おまえはとらぬ狸の皮算用をする〕、おまえは青い若芽のうちに小麦を食う〔握らぬ金を使う〕、おまえは財産を飲みつぶす、おまえはドアの前に鍵を置く〔夜逃げをする〕、おまえは出ていって二度と帰らない。

おまえはもう親切な忠告に耳を傾けたりしてはならぬ。おまえは救いを求めてはならぬ。おまえは自分の道を歩み続けるのだ、木々を、水を、石を、空を、おまえの顔を、雲を、天井を、虚空をじっと見つめるのだ。

おまえは先ほどの樹木のすぐ近くにたたずんでいる。葉むれをそよぐ風の音に、神託となることを求めさえもしない。

雨が降ってくる。おまえはもう家から外に出ない、部屋からもほとんど出ない。おまえは一日中大声で本を読む、文章を一行一行指で追いながら、子供のように、老人のように、言葉がその意味を失うまで、もっとも単純な文章さえもあやふやになり、渾沌としてくるまでに。夜がやってくる。おまえは明かりをつけない、おまえは窓ぎわの小さなテーブルに座ってじっとしたままでいる、両手で本を支え、もう読むことはやめて、家のなかのさまざまな物音にかろうじて耳を傾ける、大梁や床《ゆか》のきしる音に、父親の咳に、薪かまどに取りつけた鋳物のたがの音に、鉛の樋を流れる雨水の音に、はるか遠く車が道を走る音に、七時発のバスが丘のふもとの曲り角で鳴らすクラクションの響きに。

避暑客たちは去った。田舎の家々は閉じられる。村を横切っていくと、ごく数匹の犬がおまえの通るあとから吠えかかる。市役所、郵便局、洗濯場と並んでいるその横手の教会の広場には、黄色いビラの切れ端がひらひらとしていて、競売や、舞踏会や、過ぎ去った祭へとまだ呼びかけている。

おまえはまだときおり散歩に出る。同じ道を何度も繰り返して歩く。掘り返された畑を横切るので、深靴に、粘土の厚い靴底がくっついていく。おまえは小径の泥水のたまりのなかに嵌まり込む。空は灰色だ。厚い霧の広がりが風景を覆い隠している。煙がいくらか、数本の煙突から立ち昇っている。おまえは裏地のついた登山服を着込み、靴と手袋をしているのだが、寒気がする。不器用な手つきで煙車に火をつけようとする。

おまえはもっと遠くまで散歩をのばし、畑を越え、森を越え、他の村々にまで連れていかれる。おまえは食料品店を兼ねた小さな食堂の、木製の長いテーブルに腰をおろす、この店のただ一人の客だ。ヴィアンドクス（肉汁で作ったスープ）とか、味のないコーヒーとかが運ばれてくる。エナメルを塗った金属製の電燈の笠からまだ螺旋状につるされている接着テープに、数十匹の蝿がこびりついている。猫が一匹のほほんと、鉄ストーヴのそばで身体をぬくませている。おまえは罐詰を、洗剤の箱を、エプロンを、小学生の学習ノートを、もう古くなった新聞を、明るいピンクの色をした絵葉書——顔色の艶々した兵隊たちがブロンドの髪の娘から吹き込まれた恋心を歌っている絵葉書——を、バスの時刻表を、競馬の当り番号を、日曜日のサッカーの試合の結果などを、じっと見つめている。

隊列を組んだ鳥が空高く飛んでいく。ヨンヌ川（フランスの中北部を流れる川、セーヌ川の支流）の流れの上を、ぴかぴかと光るブルーの船体の細長い艀《はしけ》が一隻、二頭の大きな灰色の馬に曳かれて滑っていく。夜のあいだ、おまえは国道に沿って歩いて帰って来る、びゅんびゅんと飛ばす車に行き交いながら、追い越されながら、丘のふもとから、おまえに襲いかかる前に一瞬空を照らし出さんとするかに思われるヘッドライトに目を眩ませられながら。

おまえはパリに戻り、おまえの部屋を、おまえの沈黙を再び見出す。水の滴りを、人の群を、街の通りを、橋を。天井を、桃色のプラスチック製洗面器を。巾の狭い長椅子を。おまえの顔を形作る目鼻の線が映し出されるひび割れた鏡を。

おまえの部屋は世界の中心だ。この洞窟、おまえの匂いを永久にとどめている屋根裏のこのあばら屋、ひとりきりで潜り込むこのベッド、この本棚、このリノリウム、何回となくその割れ目を、剝片を、しみを、でこぼこを数えたこの天井、人形の備品に見たてられるほど小さなこの洗面所、この窓、この壁紙——おまえはそこに描かれている一つ一つの花びら、茎、組み合わせ模様を覚えており、しかもおまえだけが、ほとんど完全無欠といえるほどの印刷技法にもかかわらず、それらがお互いにまったく似ていないと断言することができるのだが、——おまえが何度も繰り返して読んだ、これからもまた繰り返して読むであろうこれらの新聞、このひび割れた鏡——お互いに少しづつ重なり合っている面の不ぞろいな三つの部分に分けられたおまえの顔、額にできた一つ目のほのかな輪郭や裂けた鼻やいつでも引きつっている口のことは忘れて、いわば刀の一撃か鞭の一撃か、ほとんど消えかかりほとんど顧みられずにいる古傷の跡に似たY形の縞模様しかもうおまえは記憶にとどめず、習慣的にほとんど無視することのできる顔、それしか映し出していない鏡——きちんと並べられたこれらの本、冷却ひれのついたこのラジエーター、深紅色の防水布で覆われたこのスーツケース型電蓄。このようにしておまえの王国が始まりそして終る、その王国のまわりを、敵か味方か、常に聞こえてくる物音が、同心円をなして取り囲み、この物音だけがおまえを世界に結びつけている。踊り場にある水飲み場の蛇口で玉をなす水滴、隣室の男の物音——咳払い、引き出しの開け閉め、咳込み、やかんのしゅうしゅう吹き出す音——サン・トノレ通りの騒音、ひっきりなしの街のざわめきなどだ。かなり遠くから、消防車のサイレンがおまえ目がけてやってきては、遠ざかり、またやってくるようだ。サン・トノレ通りとピラミッド通りの十字路で、ブレーキを踏み、停車し、また発車し、アクセルを入れるという規則正しい交替が、倦むことを知らぬ水滴や、サン・ロック教会の鐘とほとんど同じくらい確実に、時間にリズムをつけている。

おまえの目覚ましは、もうだいぶ前から、五時十五分を指している。おそらく、留守のあいだに止まったのだろう、ねじを捲き直すことをおまえは怠っている。この部屋の沈黙のなかに、時間はもう入りこんではこない、時間は周囲にあって、あたりを絶えず浸し、おまえが眺めずにいることもできる目覚ましの針以上に、いっそう強く現存し、しつこく付き纏ってくる、とはいっても、いくぶんねじ曲げられ、ゆがめられ、ややうさん臭い仕方でだ。時間は過ぎていくが、おまえが何時かを知っていたためしはないし、サン・ロック教会の鐘では十五分、三十分、四十五分の区別ができず、サン・トノレ通りとピラミッド通りの十字路にある信号の交替は毎分なされはしないし、水滴にしても毎秒落ちるわけではないからだ。十時、あるいは十一時かもしれぬ、というのもおまえは鐘の音をはっきり聞いたとどうして確信できようか、もう遅い、まだ早い、日が昇る、夜が来る、物音がすっかり止むことは決してない、時間が完全に止まることは決してない、もう時間が感じられぬとしても。沈黙の壁にあけられた小さな裂け目、ゆるやかになり、忘れ去られ、おまえの心臓の鼓動とほとんど一体になった水滴のさざめきしか感じられないとしても。

おまえの部屋は無人の島のなかでももっとも美しい島だ、そしてパリはだれ一人通ったことのない無人の砂漠だ。この静寂、この眠り、この沈黙、このけだるさ、おまえはそれ以外の何も必要とはしない。日が始まろうと終ろうと、時が流れようと、おまえの口が閉ざされようと、おまえの項の、顎骨の、顎の、筋肉がすっかりたるんでしまおうと、おまえの胸部の盛り上りだけが、心臓の鼓動だけが、忍耐強く生き延びているおまえの生をいぜんとして証明していようと。

もう何も望まないこと。待つものがもう何もなくなるまで待つこと。うろつくこと、眠ること。人の群によって、あれこれの通りによって運ばれていくがままになること。歩道のわきの溝、鉄格子の柵、土手に沿って流れる水のあとに付き従うこと。河岸に沿って歩くこと、壁に身を寄せて歩くこと。時間を無為に費すこと。どんな企てからも、どんな苛立ちからも脱け出ること。欲望も、怨恨も、反抗の念も捨てて存在すること。

それは、時間の流れに沿って、おまえの前方に広がる危機もなく混乱もない不動の生となるだろう。どんなでこぼこもなく、どんな不均衡もなく。一分ごと、一時間ごと、一日ごと、一季節ごとに、決して終ることのないであろう何かが始まろうとしている。おまえの植物的な生が、おまえの取り消された生が。

ここで、おまえは持続することを学ぶ。ときとして、時間を支配し、世界を支配し、巣のまんなかで注意深くあたりをうかがう小蜘蛛に似て、おまえはパリに君臨する。北側はオペラ座通りから、南側はルーヴル宮の小門（ルーヴルの館外と内庭とを連絡するアーチ型通路）から、東西はサン・トノレ通り一帯にわたって支配する。

ときとしておまえは、光の影とひび割れとの複雑な戯れが天井の一角に描き出すらしい謎のような顔付きを解こうと試みる、目と鼻、あるいは鼻と口、さえぎる毛髪のまったくない額、あるいはまた、耳の縁の正確な図、肩と首との始まる部分などだ。

時間を潰す仕方は無数にある、しかもどの仕方も他に似ていない、だがそれらはすべて等価なのだ、何も待たない仕方は無数にある、見つけてはすぐにやめることのできる無数の遊びも。

おまえはすべてのことを学ばねばならぬ、習っていないすべてのことを。孤独を、無関心を、忍耐を、沈黙を。おまえは習慣をすべて棄てねばならぬ。長い間付き合ってきた連中に会いに行くことを、毎日他の連中がおまえのために取ってくれ、ときとしては確保してくれる席で食事をしコーヒーを飲むことを、いつまでも形だけ続く気の抜けた友情の慣れ合いのなかで、ぼろぼろに崩れていくさまざまな人間関係へのその場その場のうじうじした恨みの気持のなかでだらだらと暮すことを。

おまえはひとりぽっちだ、そしてひとりぽっちであるがゆえに、絶対に時間を見ぬことが必要だ、絶対に時の進むのを数えぬことが必要だ。おまえはもう浮き浮きして郵便物を開いてはならぬ、おまえはもう失望してはならぬ、たとえそのなかに、七十七フランというごくわずかな額でおまえの頭文字を組み合わせたケーキ用セット、ないしは西欧芸術宝庫集を手に入れるよう誘いかける一枚のパンフレットしか見出さないとしても。

希望すること、企てること、成功すること、やり抜くことを、おまえは忘れねばならぬ。

おまえはのらくらとした日を送っている、それに、おまえにとってそれはほとんど容易なことだ。おまえはこれまであまりにも長い間とってきた道を避ける。おまえは人びとの顔、電話番号、住所、笑顔、声などの記憶を、時の流れが消していくがままにしておく。

おまえは忘れるすべをおまえが学んだことを、ある日、無理にでも忘れようとしたことを忘れている。おまえはサン・ミッシェル大通り（カルチエ・ラタンの学生街の中心）をうろつくが、もう何ひとつ覚えておらず、ショーウィンドーに目をくれることもなければ、大通りを昇り降りする学生たちの群から目をくれられることもない。おまえはもうカフェには入らない、思わしげな様子でぐるりとひとまわりをしてから、誰ということもなしに人を探しに奥の広間にまで入っていくことはもうない。シャンポリオン通りの七つの映画館*の前に二時間おきにできる行列のなかに、ひとを探しにいくことはもうない。ソルボンヌ（当時はパリ大学の文学部と神学部）の広い中庭のなかをひとりもの悲しく彷徨うことはもうない、教室の入口に行くために長い廊下を大股で歩くことはもうない、微笑、目顔の合図をしてもらわんがために図書館へ行くことはもうないのだ。

　おまえはひとりぽっちだ。ひとりぽっちの人間のように歩くすべを、ぶらつくすべを、うろつくすべを、眺めずに見るすべを、見ずに眺めるすべを学ぶ。透明、不動、非在を学ぶ。影になるすべを、人間をまるで石ででもあるかのように眺めるすべを学ぶ。座ったままでいるすべを、寝たままでいるすべを、立ったままでいるすべを学ぶ。口に運ぶ食物の、一口一口を噛みくだくすべを、一かけら一かけらにいつも同じさえない味を見出すすべを学ぶ。画廊に展示された絵をまるで壁や天井の一部ででもあるかのように、壁や天井をまるでカンバスででもあるかのように眺めるすべを学ぶ、そしておまえは疲れもせずに辿っている、そのカンバスのめぐらす数十、数千の、絶えずやり直される道すじを、情容赦のない迷路を、誰ひとりとして判読することのできないテキストを、解体しつつある顔を。

おまえはサン・ルイ島に足を踏み入れる、おまえはヴォジラール通りを行く、おまえはペレールへ、シャトー・ランドン（ペレールもシャトー・ランドンも　メトロの駅の名、また通りの名）へ向う。おまえはゆっくりと歩く、来た道を引っ返す、ショーウインドーを手で拭う。薬屋、電気店、小間物商、古物商などの陳列品を。おまえはルイ・フィリップ橋の欄干に腰をおろしに行く、そして橋のアーチの下を渦ができては消えていくのを眺める、漏斗状のくぼみが橋脚の水切りの前方で絶えずうがたれてはみたされていくのを眺める。川船や伝馬船がそのずっと向うを通り過ぎ、波紋をかきたてて、ついには橋台にまでそれが及ぶ。河岸に沿って、腰をおろした釣人たちが、身動きもせず、浮きの不屈の漂いを目で追っている。

カフェのテラスで、中ジョッキーのビールなり、ブラックコーヒーなりを前にして座り、そこからおまえは、通りを眺める。自家用車、タクシー、小型トラック、路線バス、オートバイ、小型オートバイなどが密集して通り、ごくまれに、短かい小康状態がくるとそこに間隔ができる。交通を規制している信号が遠くから及ぼす作用だ。歩道には通行人のひっきりなしの、だが車道よりは流動的な二重の波が押し寄せる。二人の男がフェイクレザーでできた同じ書類カバンをかかえ、同じ疲れた足どりですれ違う。一組の母親と娘、子供たち、網の買物袋をさげた年配の女たち、軍人、重そうなトランクを両腕にぶらさげた男、それにまた他の者たち、彼らは包みをかかえ、新聞を手にし、パイプをくわえ、雨傘を持ち、犬をつれ、腹を突き出し、帽子をかぶり、乳母車を引き、制服を着込んでいる、走らんばかりの者もあれば、足を引きずっている者もある、ショーウインドーの近くへ来ては立ちどまり、お互いに挨拶をかわし、別れ別れになり、追い越し合い、擦れ違う、年寄りもいれば若者もいる、男もいれば女もいる、幸せな者もいれば不幸な者もいる。人の群れが崩れてはまた形作られ、バスの停留所のあたりにひしめき合っている。サンドイッチマンが広告ビラを撒いている。女がひとり、通りすぎるタクシーにむかって大きなジェスチャーをしてみせるがむなしい。消防車か、警察の救急車か、サイレンが音を高めながらおまえの方に近づいてくる。

車の応急修理工たちがすさまじい勢いで通り過ぎる、なんの急用で呼ばれたのか？　お互いに相手を知っているわけでもなく、おまえ自身知っているわけでもないこれらの人びと、彼らをこの通りに寄り集めさせているその法則について、おまえは何ひとつ知らない、この通りにおまえがきたのは生まれて初めてで、ここでは何もすることはなく、往き来し、急き足になり、立ち止まる人びとの群をただ眺めているだけだ。歩道の上のこれらの足、車道の上のこれらの車輪、これらすべては何をしているのか？　これらすべてはどこへ行くのか？　誰がこれらをさし招くのか？　誰が引き返させるのか？　いかなる力、いかなる神秘がはたらいて、右足が、次いで左足が歩道の上に交互に置かれるのか、それもこれ以上有効であることは難しいほど連携して？　意味のない無数の行動が、同じ瞬間に、ほとんど中性的なおまえの視線のごく限られた拡がりのなかに寄り集まる。彼らは同時に右手を差し出し、お互いの手を、まるで圧し潰そうとでもするかのようにかたく握りしめる、口を動かし、一見意味をそなえた言葉を送り出す、頬を、鼻を、眉を、唇を、手を、あらゆる方向にねじり、表情たっぷりの話に一語一語句切りをつける。彼らは手帳を取り出す、彼らは追い越したり追い越されたりする、挨拶をかわし、罵り合い、祝いの言葉を述べ合い、押し合いへし合いする。彼らはおまえの姿は目にとめず道を行く、とはいってもおまえの方は、彼らから数センチメートルのところで、カフェのテラスに座っていて、たえず彼らを眺めているのだ。

おまえはうろつきまわる。通りや、街や、建物の分類をおまえは頭のなかでする。気違いじみた街、死んだような街、市場通り、寄宿舎通り、墓地通り、壁のはがれた建物正面、腐蝕した建物正面、銹のかかった建物正面、覆い隠された建物正面。

おまえは四辻の小公園に沿って歩く、鉄製か木製かの定規で鉄格子の柵に軽く触れながらかけ抜けていく子供たちに追い越されながら。ライオンの脚の形に彫られた鉄製の脚をつけ、ぬき板が緑のベンチにおまえは腰をおろす。年老いた不具の管理人たちが世代の違う若い乳母たちと話をしている。靴の爪先で、おまえは砂があるかないかの地面に、丸や四角を、目の玉を、おまえのイニシアルを描いてみる。

おまえは車がまったく通らない、ほとんど人ひとり住んでいるようには見えない通りを発見する、お化け屋敷のような一軒の店をのぞいては他に商店のない通りだ、その一軒の店は婦人服の仕立屋で、薄布のカーテンを張ったそのショーウインドーには日光によって褪色した蒼白いいつも同じマネキン人形と、いつも同じ変わりボタンの台紙と、いつも同じだがその年の日付の入ったファッション見本図——あるときはマットレス製造人が自分の作ったスプリングや、球状、オリーヴの種状、紡錘状さまざまな形のベッドの脚や、種々の品質の植物繊維、雲斎布を勧めている、またあるときは靴屋が奥まった片隅を店がわりにして、ありとあらゆる色彩の平らなプラスチック製コルクの栓に、ナイロンの糸を通して作ったカーテンをドアにしている——とが始終陳列されていたらしい。

おまえはさまざまな小路を発見する。ショワズール小路《パッサージュ》、パノラマ小路《パッサージュ》、ジュウフロワ小路《パッサージュ》、ヴェルドー小路《パッサージュ》を、そこで小型模型やパイプや安ピカの宝石類や切手を売る商人たちを、そこにいる靴磨きたち、ホット・ドッグの屋台店を。おまえは製版屋のショーウインドーに並べられている色褪せたカードを一枚一枚読む。「医学博士　ラファエル・クリュベリエ　口腔病科　パリ大学医学部卒業　予約のみ」「マルセル＝エミール・ビュルナック有限会社」「絨毯類すべてお引き受け　セルジュ・ヴァレーヌ夫妻　ラガル

ド通り十一番地　電話二一四　〇七三五」「ジョフロワ・サン＝チレール高校*同窓会会合献立表　氷河層に盛られた海の悦楽　黒真珠ぞえペリゴールのブロック　湖の銀色に輝く美女*」

リュクサンブール公園で、おまえはブリッジやプロットやタロット（いずれもトランプ遊戯。タロはイタリア式七十八枚一組のトランプを用いる）にふけっている定年退職者たちを眺める。おまえのいる場所からほど遠からぬところにあるベンチに、骨と皮ばかりの老人が一人、身動きをせず、両足をぴたりと揃え、両手でしっかりと握りしめた杖の握りに顎をもたせ、前方の虚空を何時間も見つめている。おまえはこの老人に讃嘆の念を覚える。この老人の秘密を、弱みを、嗅ぎ取ろうとする。だがこの老人には攻撃をするすきがないようだ。かな聾で半ば盲、というよりはむしろ、中風にかかっているに違いない。しかし、よだれひとつ垂らさないし、唇を動かさず、眼ばたきもするかしないかだ。太陽は彼のまわりをまわる。おそらく彼の唯一の注意力は、自分の影を目で追うことに傾けられているのだ。ずっと前から引いておいたさまざまな目印があるに違いない。彼が気違いであるとすればだが、その狂気とはおそらく、自分を日時計と思い込んでいることだろう。彼は影像に似ているが、好きなときに起ちあがって歩くことができるという点では影像よりも利がある。彼はまた、どちらかといえば小鳥のような頭をし、胸骨のところまでズボンをずりあげてはき、小学生用の白蝶結びのネクタイをしているのだが人間にも似ている。しかし、何時間も何時間ものあいだ、これといった努力もせずに、影像のようにじっとしていられるという点では他の人間にくらべて彼の方がまさっている。そこまで行き着きたいものだと思う、ところが、老人という定めへ向うなかでおまえのこのうえない若さが示す反応の一つなのだろうか、おまえはすぐに苛立ってしまう。おまえの意に反して、おまえの足は砂の上を動き回り、おまえの眼はあちこちを彷徨い、おまえの指はたえず組み合わされては解きほどかれる。

行きあたりばったりに、おまえはいぜんとして歩き続ける、道に迷う、ぐるぐると同じ所を廻る。ときとしておまえは、どうでもよい目的地を定めてみる。ドメニル（メトロの駅と並木道の名前）、クリニャンクール（メトロの駅と通りの名前。のみの市で有名）、グヴィオン＝サン＝シール大通り、郵便美術館（ヴォジラール大通りにある）。おまえは本屋に入り、読むともなしにぱらぱらとページを捲る。画廊に入り、丹念にひと回り見て廻る。ひとつひとつの絵の前に立ち止まり、頭を右にかしげ、眼をすぼめ、近づいて題名や日付けや画家の名前を読み取り、さらによく見るためにまた後に退いたりして。出がけに、おまえは判読不可能な大きな頭文字で署名をし、それに贋の住所を付け加えておく。

おまえはカフェの奥に腰をおろし、『ル・モンド』を一行一行、隅から隅まで読む。これは素晴らしい訓練になる。第一ページの見出しを、「その日その日」*を、外報記事を、最後のページの雑報を、広告欄を読む。求人、求職、販売代理店業、商取引、不動産 土地、地所、住居《アパルトマン》（売）、住居（建築中）、住居（買）、店舗、各種賃貸物件、営業権、融資、各種協会、各種学校・教授、終身年金収受権、車売買 ガレージ、動物売買、中古品、雑——レセプション案内、誕生通知、婚約通知、結婚通知、死亡者告知、お礼の挨拶、ドゥルオ館での競売、参観と講話、博士論文公開審査。だいたいはおまえの頭のなかでとけるクロスワード・パズル。洗礼を施す（baptiser）けどカトリックじゃない——（ぶどう酒（baptiserを水を割るの意にとる））。死（la mort）の間際（l'article）は——（la（l'articleを冠詞の意にとる））。仲違いさせる（brouiller）と別れられなくなるもの——（卵（brouillerをかき混ぜるの意にとる））、その存在が本質（l'essence）に先立つもの——（ＡＮＴＡＲ《アンタール》（l'essenceをガソリンの意にとる。ＡＮＴＡＲは石油会社の名前。二〇〇五年に消滅））。彼が悪徳（le vice）に味方するのはおそらく彼が反対（contre）であるという理由だけからだ——（アミラル（vice-amiralは海軍中将、contre-amiralは海軍少将））。天気予報。ラジオ・テレビの番組、映画・演劇、株式相場。観光、経済、社会、食道楽、文学、スポーツ、科学、演劇、大学、医療、女性、教育、宗教、地方、航空、都市計画、海運、法律、組合等々の紙面。国際政治、外国のニュース、フランスの政治、国内の諸事件、短信、三回ないし四回にわたって連載される専門記事、一国、一地域、一製品にさかれた増ページ、広告スペース。

　五百、千の情報がおまえの目の下を通り過ぎていく、実に丹念で注意深い目なので、おまえはその号の発行部数に気づき、この新聞が組合労働者によって製作されたこと、ＢＶＰとＯＪＤ*によって監査されていることさえ一度ならず確認したほどだ。だがおまえの記憶は、いかなる情報も留めないように気をつけている。「ポンタ・ムッソン（鉄鋼会社）弱含み、鉄鋼下落、ニューヨーク堅調」とか、「フランスの不動産信用金庫のなかでもっとも歴史の古い銀行の経験と、専門家を網羅した組織に信頼を託すべきである」とか、「台風バルバラの通過によりフロリダで三十億フランの被害」とか、「ジャン＝ポールとリュカ、妹リュシーの誕生をお知らせできて幸いです」といったたぐいの記事を、おまえはどれもひとしく無関心に読んだ。『ル・モンド』を読むということは、一時間、二時間を損する、または得するというただそれだけのことだ。それは、何もかもどうでもいい、というその程度をもう一度測ってみることだ。ものごとの序列、好きこのみは壊されねばならない。つきつめてみればごく単純な規則にしたがった約三十ばかりの印刷の記号の組合せが、日々、あの無数のメッセージをつくり出すことができるということにおまえはまだ驚きを覚えるかもしれない。だが、なぜそれをおまえの糧にすることがあろうか、なぜそれを読みとくことがあろうか？　おまえにとって重要なのは、ただ、時が流れ、何ひとつとしておまえをつき動かすものはないということだけだ。おまえの眼は次々と静かに行を追っていく。

世界を前にして、無関心な人間は無知なわけでも敵意を燃やしているわけでもない。おまえの本意は文盲の健全な喜びをふたたび発見するということではなくて、本を読みながらもその読書にいかなる特権も与えないということだ。おまえの本意は素裸で歩くということではなくて、着物は着るけれどもそこには衣裳に凝るとか身なりを構わぬということは必ずしも含まれていないということだ。おまえの本意は飢え死するがままになるということではなくて、ただ単に食物を摂るということだ。おまえはこうした動作をまったく無邪気に正確になしたいと望んでいるというわけではない、というのも無邪気という語は非常に強い言葉だからで、そうではなく、ただ単に、この単ににに意味がありうるとして、こうした動作を、いっさいの価値を取り除いた明々白々たる中立の領域に、機能的な領域でなく、なによりも機能的な領域ではなく——というのも機能性というのは価値のなかでも最低のもの、もっとも陰険でもっとも危険なものだから——還元することのできない、歴然とした、事実の領域に委ねたいということなのだ。読む、着る、食べる、眠る、歩く、と言う以外に言うべきことがないようにすること、動作であり身振りであって、証拠、取引材料ではないようにすることだろう。そのとき、着がえが、食事が、読書が、おまえにかわって語ることはもうなくなる、これらの動作と悪知恵を競うことはもうなくなるだろう。自分を表現するという、消耗の多い、無鉄砲な、致命的な仕事を、これらの動作に託するということはもうなくなるだろう。

それ以後、「プチトゥ・スールス」や「ビエール」や「シェ・ロジェ・ラ・フリット」*のカウンターでものを食べるとき、それは精神生理学者たちの言う《採食》にいくぶん似てくる。日に一度か二度、ごくまれにもうすこし、おまえは金あみであぶった牛肉の切れ端、ぐらぐらと煮立つ油で揚げられたジャガイモの薄片、赤ブドウ酒一杯という形で、かなり厳密に計算のできる窒素有機物と炭水化物との化合物を吸収する。つまり、ときとしてビーフ・ステーキないしはビステークとさえ呼ばれるステーキであり（だがトゥルヌド（牛ひれ肉をベーコンなどで巻いたもの。高価）でないことは確かなところだ）、ポム＝パーユ（千切りのポテトフライ）という名を献呈する気には誰もなれないようなフリット（ジャガイモの空揚）であり、銘柄を吟味したり品質を鑑定しようなどという気を誰も起こさないような赤ブドウ酒だ。だがおまえの胃袋は、かつてはそうだったにしても、もう今では区別をせず、おまえの舌もまた区別をしない。言葉の方がよりはげしくあらがった。おまえにはいくらかの時間が必要だった、肉が薄い、堅い、筋が多いとか、フリットの油気が多くてべとべとするとか、ブドウ酒がねばねばする、あるいは酸っぱいといったことがなくなるまでには。いちじるしく価値を低めるこれらの修飾語は、初め陰気くさい意味を担い、貧乏人の食事、乞食の食い物、無料貧民食堂、田舎の村祭りなどを喚起するが、それが少しづつその意味内容を失っていくまでには、また、このべとつきがフリットとなって、この堅さが肉となって、この酸っぱさがブドウ酒となって、これらの言葉に抜き去りがたく結び付いていた陰気くささ、貧困、欠乏、欲求、恥辱などが、おまえに影響を与えたり、注意を惹いたりするのを止めるまでには、同じく逆に、これらの言葉とまったくあべこべの、豊富、饗宴、祝祭を示す高尚な記号、たとえばシャロレ牛の《厚切れ《ピエース》》（シャロレ牛は最高の牛肉とされる）、《パヴェ》（パヴェは敷石の意。厚くしまりのある肉についていう）、ひれ肉の《中心部《クール》》《中央市場の人足のロース》などの血のしたたるやわらかな厚みとか、ポム＝パーユないしはポム＝アリュメット（いずれもジャガイモを千切りにして揚げたもの）、ポム＝スフレ（薄切りにして、二度揚げしたジャガイモ）、ポム＝ドーフィンヌ（マッシュポテトにシュー生地を加えて小コロッケ状にして揚げたもの）などの黄金色のかりかりとした感じとか、籠にくるまれた地酒の芳香とか、こういった言葉がおまえに訴えてこなくなるまでには。それ以後は、どんな聖なるカロリーも、どんな甘露も、おまえの皿を、グラスを満たすことはない。どんな感嘆の叫びも食事の際に発されることはない。おまえは肉とフリットを食べる、ブドウ酒を飲む。ほとんど毎日「プチトゥ・スールス」に入るや否やカウンターのボーイに注文する《定食《コンプレ》》、それとヴィレット（食肉市場がある）の牛のあばら肉とをへだてる越えがたい距離も、もうおまえにたいして力を持たないのだ。

晴れようとぐずつこうと、雨が降ろうと日が照ろうと、風がびゅうびゅう吹こうと一枚の木の葉もそよぐまいと、暁が街燈の灯を消そうと夕暮れがこれにまた灯を点そうと、人の群のなかに紛れようと人気のない場所にひとりでいようと、おまえは相変らず歩き、相変らずうろついている。

おまえは遠まわりを余儀なくさせられる禁止事項だらけの複雑な道すじをこしらえあげる。おまえは記念碑を見に行く。教会を、騎馬像を、公衆便所を、ロシアレストランを数えあげる。門《ボルト》と名の付く場所の近く、川の土手に沿った大工事を、掘り返された畑さながらぱっくりと穴をあけた通りを、ガス・水道の導管施設を、壊している最中の建物を見に行く。

おまえは部屋に帰ってきて、横巾の狭すぎる長椅子のうえにどっと身を投げ出す。白痴のように目を大きく見開いたまままどろむ。天井の割れ目をひとつひとつ数え、それらを結びつけてみる。影と染みとの結合、おまえのまなざしの方向と調節の変化、出来たての物の形が数十、ゆっくりと、なんなく描き出されていく、壊れやすい結びつきで、なにかひとつの名詞、たとえばぶどうの木（vigne）、ヴィールス（virus）、街（ville）、村（village）、顔（visage）といった名詞の上にそれらをとどめてみて、わずかに一瞬間捉えうるだけで、すぐに崩れ、すべてがやり直される。あるひとつの身振り、動作、人影が現われる、意味のない記号の始まりで、おまえはそれが拡がっていくがままにする、偶然が明瞭な形をとっていく。おまえをじっと見つめる眼、眠る男、渦、帆船のかろやかな揺れ、木の梢、枝が炸裂し、保存され、また捜し出される、その内側から、先ほどの顔とほとんど変わらないが、おそらくより暗い、ないしはより注意深いひとつの顔の始まりが、一点一点はっきりとしながら浮きあがってくる、定まりのない顔で、おまえはそこに、耳、眼、首、額を探すが見つからず、曖昧な微笑の跡を、おそらく傷痕——不名誉な傷痕なのか誇るべき傷痕なのか誰が知ろう?——によって引きのばされている鼻孔の影を、捉まえ、見出すだけで、しかもそれらをすぐに見失ってしまう。

しばしば、おまえはひとりきりでトランプをして遊ぶ。ブリッジ用に札を配り、毎週『ル・モンド』に掲載されるクイズを解こうとする、だがおまえはトランプの才にとぼしく、札の切り方にも手際の良さがない。スクイズ（相手の大事な札を出させる高等技術）とか、捨て札とか親を下りるとかについて何も知識がない。ある日おまえはある特殊な札の配り方を思いついた、一方のチームが手のうちに二枚の役札《オナーズ》、エース一枚とジャック一枚しか持たないのに、札の種類と続き札との巧みな配分を利用して、相手がどんなにしても、グランド・スラム

（十三組全部取ること）で勝つことのできるものだ。それからこの問題を検討し、こうしたスラムはコールする（役札をしらせる）ことができず、こうしたゲームには巧みさを発揮する余地もないので、面白味が減ることをひとたび確認すると、おまえはもうブリッジからたいしたことは期待しなくなってしまった。

　おまえは一人占いの魔法の喜びのなかに捉われた。長椅子のうえに十三枚のカードを四列に並べ、そこから四枚のエースを抜き出す。このゲームは、エースを除いたため空白になった空席《カーズ》を利用して、残る四十八枚のカードを順番に揃えるのだ。もし空席の一つが一列目の最初なら、そこに2を持って来ることができる。仮に空席の次に6が来ているとすると、そこに同じ色の7を持って来ることができ、7ならば8を、ジャックならばクイーンを持って来ることができる。仮にキングが次に来るなら、もう何も持って来ることはできず、その空席はアウトとなる。

　この一人占いでは偶然の機会はほとんど役割を演じない。もし普通にゲームをしていくなら、おまえは四つの空席がキングにぶつかる、つまりアウトになる瞬間をかなり前から予見することができる。だがまさしく一つの空席を、ついでもう一つの空席を利用することができ、もとに帰ったり、第三の空席、第四の空席、またもう一度第二の空席を用いることができる。にもかかわらず成功することは稀だ。ゲームが進まなくなり、カードの半分なり三分の一なりがすでにきちんと揃えられて、どうしてもキングにぶつからずには空席を埋めることができないというときがやってくる。規則では、他の手が二度だけ許されている。すでにきちんと揃ったカードをそのままにしておいて、その他のカードを切ったあとで四箇所の空席を設けながら配り直すのだ。だが、与えられているこの二度のチャンスをおまえが利用することはめったにない。ゲームが妥協に見えるや否や、おまえはカードを全部寄せ集めて二、三回切り直し、新しく試みるためにまたそれを並べ直すのだ。

カードを切り、カードを並べ、四枚のエースを抜き、ゲームを眺める。いくぶん行きあたりばったりに、あまりにすぐにキングにぶつからないように、それだけに気を配りながらおまえは占いを始める。少しずつゲームの形が整い、障害が現われ、可能性がはっきりとしてくる。こっちでは一枚のカードがすでにあるべき位置に置かれ、こっちでは一枚のカードが動けばいちどきに五枚か六枚のカードを揃えることができ、あっちにはやっかいなキングが一枚あるが、これは動かすことができない。

おまえはほとんど成功しない。ときとしてインチキをするがそれも数えるほど、まれに、ごくごくまれになっていく。勝つことが重要なのではない、勝ったってどうなるわけでもないからだ、それに、神々を味方につけるということだけなら、神々の注意を惹くもっと安易な方法はいくらでもある。だがおまえは次第にひんぱんに、次第に長時間、ときとしては午後のあいだじゅう、あるときは朝起きてからずっと、あるときは明け方まで、時間を潰すためでさえなく、もうそのためでさえもなく、ゲームを続けるようになる。

このゲームにはおまえを魅惑する何かしらがある、橋のそばでの水のたわむれ、天井の迷路、角膜の表面でゆっくりと漂う小枝、といったものにくらべて、おそらくよりいっそうおまえを魅惑する何かが。その場所に応じて、また時に応じて、それぞれのカードは、ほとんど感動的と言えるほどの濃密さを獲得する。おまえは防ぎ、壊し、組み立て、結び合わせ、次々に、見取図を引く、無駄な営み、懲らしめられることのまったくない危険、意味のない整理だ。四十八枚のカードはおまえを部屋に繋ぎ留める、そしておまえは部屋のなかで、10があるべき場所におかれ、キングがおまえに刃向うことができないとほとんど幸福な気持になり、そうでなくて、ぐずぐずと計算をしてみて結局はどうやってみても不可能という結果になるとほとんど不幸に感じるのだ。まるでこの孤独な、沈黙の戦略が、おまえの唯一の道であり、おまえの存在理由となってしまったかのごとく。

夜だ。ごくまれに車が突風のように走り過ぎてゆく。踊り場の蛇口では水滴が玉をなしている。隣は物音ひとつしない、おそらく不在なのだろう、でなければすでに死んでしまったかだ。おまえは服を着たまま、長椅子に寝そべっている、両手を首の後で組み合わせ、膝を立てて。眼を閉じ、眼を開く。眼の内側で、あるいは角膜の表面で、ヴィールス状の、細菌状の形をしたものが、上から下へ、ゆっくりと漂っている、消えたかと思うと突然中央へ戻ってくる、ほとんど変わってはいないが、レコード盤あるいはあぶく玉、小枝、ねじれたフィラメントといった形をして、それを組み合わせると、架空とは思われぬ動物のようなものが描き出される。おまえはその跡を見失ってはまた見出す。おまえは眼をこする、するとフィラメントは爆発し、その数を殖やしていく。

時が過ぎる、おまえはうとうととしている。長椅子の上、身体のわきに、開いたままの本を置く。すべてが漠として、ざわめいている。おまえの呼吸は驚くほど規則正しい。たぶん実際にはいないのだが、小さな黒い動物が一匹、天井の割れ目の迷路のなかに、はっきりとわかる一つの裂け目を切り開いている。

おまえは夜も昼も街をうろつく。おまえは消毒剤の執拗な匂いが漂っている場末の映画館に入る、あちこちのカフェのカウンターでサンドウィッチを、三角袋に入ったフリットを食べる、おまえは縁日を通り抜ける、ピンボールをして遊ぶ、美術館、市場、駅、一般公開の図書館に入る、ジャコブ通りの古物商、バラディ通りのガラス製品店、フォブール・サン・タントワーヌの家具店などのショーウインドーを眺める。

時間、日々、週、季節が流れるにつれて、おまえはすべてのことを捨て、すべてのことに興味を失う。ときとして、ほとんど陶酔に近い状態で、おまえが自由であること、おまえに重くのしかかってくるものは何もないこと、喜びとなるものもなければ、不快を与えるものもないことを発見する。トランプのカードから得られるあの停止した瞬間、あるいは自分でたてた物音や自分で描き出す情景、そういったもの以外には震動もなく損耗もないこの生のうちに、おまえは、魅惑的な、往々にして新たな感動で脹れあがった、ほとんど完璧といえる幸福を見出す。おまえはまったき休息というものを知っている、いつでも大目に見られ、保護されている。おまえは幸せな括弧付きの状態に、約束に充ち溢れた空虚のなかに生きている、その約束からは何ひとつ期待せずに。おまえは目に見えない、澄みきっている、透明だ。おまえはもう存在しない。時間の連続、日々の連続、季節の推移、時の流れ、おまえは、快活さも悲しみもなく、未来も過去もなく、こんな具合に、踊り場の水道の蛇口に玉をなす水滴のように、桃色のプラスチック製洗面器に漬けられた六本の靴下のように、蠅とか牡蠣のように、牝牛のように、蝸牛のように、子供あるいは老人のように、鼠のように、ただ単に、自明のことのように、生き延びている。

ときとして、暗がりはスペードのエースのおぼろげな形をまず描き出す。おまえの前にひとつの点がある、そこから二本の線が走り、互いに遠ざかったかと思うと、大きくカーブを描いた後にまたおまえの方に戻ってくる。

もっと後になると、それは大洋に、黒い海になり、おまえはそこを航海する、まるでおまえの鼻が、巨大な客船の背骨、というよりはむしろ舳先《へさき》となってでもいるかのように。すべてが黒い。夜ではない、薄暗いのでもない、黒いのは世界全体だ、写真のネガと同じように、どうしようもなく黒いのだ。そして、白いのはただ、いや灰色なのかもしれないが、鼻のそれぞれの側から、たぶん船の横腹となっている眼に沿っておまえが通過する際に掻き立てる波だけだ、ここに、この眼に、少し前にはスペードのエースが書き記されていた、まるでそれはこの航跡のプレリュード、黒い水の上を滑りながらおまえが前方に穿っていくうねうねとした白っぽい波の跡のプレリュードでしかなかったかのように。四方八方から水がおまえを取り囲む、動かない、驚くほどのっぺりとした、燐光の輝きさえもない黒い海だ、とはいうものの、もし空があるならどんなわずかな雲でも、もし地平線があるならどんなちっぽけな土地でも、ひとつひとつ細部を発見できるだろうに、という感じがおまえにはする。だがあるのはただ海だけで、おまえはそっくり舳先《へさき》となって、犂《すき》べらが畑を掘り返すように、音も立てず、振動もなく、やすやすと、白い、深い航跡を穿っていく。

だがまもなく、言わばカルトゥーシュ（古代エジプトの建築物・記念碑に刻んだ象形文字を囲む長円形の飾り枠）のなかのように、まるでスクリーンが現われてそこに映画のフィルムが映写されるかのように、どこか上の方に同じ船が姿を現わす、だが今それは上からまるごと見下ろされている、そしておまえはといえば、甲板にいて、手摺というかむしろ舷縁《げんえん》に、かなりロマンチックな姿勢で肱をついている。長いあいだ、二つに重なったこの印象はあくまでもはっきりとしたままだ、それでも、おまえを苛立たせ、やきもきさせるものがあるのは、もうおまえには次のことがわからなくなっているからだ、最初おまえがただひとつだけある舳先となって黒い海のうえを滑り、白い波を搔き立て、ついでほとんど同時に、なにかしらこの舳先であるという意識になる、言いかえれば、上の方に船全体が姿を現わし、おまえはその船客として甲板のうえでいくぶんロマンチックな姿勢で肱をついてじっとしている、ということなのか、あるいはまた逆に、最初に船全体があって、タラップに肱をついているただ一人の船客のおまえを乗せて黒い海のうえを滑ってゆき、ついで、この船のただ一つの細部としてある舳先が度はずれに脹れあがって、波を砕き、船のそれぞれの側に、白い、厚い波を、だがおそらく本当に波というにはあまりにもよく形が整いすぎて、むしろ、いくぶんいかめしい、ほとんどゆったりとした何かしらをくっつけたひだ、ドレープとでもいえるものを二手に掻き分けているのか、そのどちらであるのかが。

長いあいだ、部分と全体、舳先となったおまえの鼻と客船となったおまえの身体、二つの船は連れ立って航海し、この二つを切り離すことはおまえにはまったくできない。おまえは、そっくり、舳先であると同時に船であり、船の上にいるおまえなのだ。ついで、第一の矛盾が生まれてくるが、おそらくそれは尺度や視角の相違にもとづく目の錯覚にすぎないのだろう。つまり、一方では、船はゆっくりと、だんだんゆっくりと進んでいるように思われる、まるでおまえがだんだんと後退して、だんだんと上の方から船を見下ろすようになったかのごとく、とはいっても、おまえは手摺に肱をついたまま少しも小さくはならず、相変らず同じように姿が見えるのだ。他方、舳先の方は、だんだんと早く進んでいるように思われる、もう滑っていくのではなく、黒い水の上をするすると走っていくように思われる、モーターボートのように、あるいは高速モーターボートのようにと言ってもよく、もうまったく定期航路の客船らしくはないのだ。

そのとき、そしてこれはすぐにもっと重大なことになるのだが、まるでおまえは、形をとりつつあるのは終りの始まりであることを、たぶん経験によってであろう、すでに知っているかのようだが――というのもおまえは、数刻、数秒以上にわたって現われてくるものの緊張に耐えることがどうしてもできないからだが――、せいぜいのところ、前駆性の症候、徴候をのぞけばまだ何ひとつとしてはっきり姿を現わしてないにもかかわらず、またその徴候の意味すらはっきりしていたわけではまったくなく、いまおまえは、できるだけ長いあいだすべてのことがぼんやりとしたままであって欲しいという空しい希望を抱きながらも（というのも、おまえはすでに知っているが、目覚めがおまえの隙を窺っており、まさしくおまえの苛立ちが目覚めを惹き起こしたばかりであり、その瞬間を遅らせようとするどんな努力もよりいっそうこれを早めるだけだから）その意味が明らかになるのを待っているわけだが、にもかかわらずそのとき、いつものように、ごくゆっくりというわけではなく、心を躍らせると同時に辛い、すばらしいと同時に絶望的な印象が湧いてきて、それがすぐさま明確すぎるほどになり、たちまちのうちに刺すようなほとんど苦痛を催すばかりのものとなる。自分はすでにこの場面を生きてしまった、この場面《イマージュ》はそのありとあらゆる細部にいたるまで正確な現実の記憶であるという確信、不条理な、というよりもむしろまだ完全に不条理ではないが不条理にすでに確実に約束づけられている確信だ。

海は黒かった、船は白い泡沫を両舷に飛び散らせながら狭い水路をゆっくりと進んでいた、おまえは、船という船の乗客という乗客すべてが鴎《かもめ》を眺めながら外の空気を吸い込むときにするいくぶんロマンチックな姿勢で、上甲板のタラップに肱をついていた、いまおまえが感じているのと同じ感覚をまさに同じように感じていた、とはいうものの、おまえはいま、いかなる感覚も覚えてはいない、このような思い出の不可能性と不可逆性を同時に知るという、危険な、次第に危険になっていく感覚をのぞいては。

もっと後になってから、ずっと後になってから、おまえはたぶん何度も目を覚まし、何度も繰り返しうとうととした、おまえは右側に、左側に身体の向きを変えた、仰向けになり、腹這いになった、あるいは電燈をつけさえしたかもしれない、あるいは煙草も吸ったかもしれない、もっと後になってから、ずっと後になってから、眠りは標的となる、というよりはむしろ、そうではなく、逆に、おまえが眠りの標的となる。それは点滅する光の拡がる中心点だ。おまえの前に、より正確には目の前に、ときとしてどちらかといえば左側に、ときとしてどちらかといえば右側に、決して中央にではなく、無数の小さな白点が組み合わされ、やがては、猫科の動物、横から見た豹の頭のようなものを描き出す、それは前に進み、二つの鋭くとがった牙を剥き出しながら大きくなり、ついで消え失せ、一つの光点に場を譲る、その光点はふくらみ、菱形模様となり、星となり、おまえに飛びかかる、非常に素早く、だが最後の瞬間におまえを避けて、右手の方を通り抜けていく。この事態は何度も、規則正しく繰り返される。初めは何もない、ついでほとんど光るか光らないかの点が現われ、豹の頭がおぼろげに描かれ、やがてはっきりとし、吼えながら、二つの鋭い牙を剥き出しながら肥大し、ついできらきらとした、ほとんど輝くばかりの点がふくれあがり、菱形模様、星となり、ついで光の球と変わっておまえの方にやってきて、辛うじておまえを避け、おまえのすぐ側を通り抜ける、おまえがそれに触れ、それを感じ、その音を聞いたと思われるほどすぐ側を、ついでふたたび何もない、長いあいだ、白い点、豹の頭、次第に大きくなりおまえをかすめていく星。

ついで何もない、長いあいだ、あるいはまた、もっと後になって、ときとして、どこかに、爆発する白色の天体のような何か……

時とともに、おまえの無感動はあきれるばかりになっていく。おまえの目に輝きを与えていたいっさいのものが失われた、身体の線は完全にだらりとなった。倦怠もなく苦さもない穏やかさが唇の隅に刻まれる。おまえは街のなかを滑るように歩く、どこもかも平均して擦り切れた衣服、足取りのよそよそしさによって身を守り、触れられることもなく。おまえはもう身についた動作しかしない。おまえはもう必要な言葉しか口にしない。おまえは注文する。

——コーヒー。

——前の方の席（映画館のなかで案内嬢に）。

——定食セットに赤ブドウ酒。

——生ビール。

——歯ぶらし。

——回数券（地下鉄の）。

おまえは金を払い、ポケットに品物をしまい込み、席につき、飲み食いする。おまえは『ル・モンド』を積んである上から一部取り、二枚の二十サンチーム貨幣を売子の銭箱のなかに入れる。「どうぞ」、「今日は」、「ありがとう」、「さよなら」などは絶対に言わない。人に詫びたりはしない。人に道をきいたりはしない。

おまえはうろつく、うろつく、うろつく、うろつく。おまえは歩く。瞬間という瞬間がすべて等しくなる、空間という空間がすべて似てくる。おまえは絶対に急がない、絶対に道に迷わない。おまえは教会の大時計の時刻を見ない。眠気はない。腹はすかない。おまえは絶対にあくびをしない。絶対に大声で笑わない。

おまえはもうぶらついているのでさえもない、なぜならぶらぶら歩きは、そうする時間を、工夫をめぐらしスケジュールから貴重な数分をかすめとる者だけにできることだからだ。初めのころ、おまえは散歩の道を選んでいた、行き先を決めていた、わが意に反してユリシーズ（ギリシア神話、トロイヤ戦争の英雄。オデッセウスのラテン語名を英語読みしたもの）の旅めいた複雑な旅路を頭に描いていた。その他数多くの巡礼を重ねたのちに、おまえはサン・ジュリアン・ル・ポーヴル教会を訪れた、地下墓地《カタコンブ》の入口のまわりをぐるぐる廻った、エッフェル塔の下に立った、幾つかの記念碑のてっぺんに登った、橋という橋をすべて渡り、土手という土手をすべて歩き、ギメ（東洋古美術の収集館）、チェルヌスキ（東洋美術品のコレクション）、カルナヴァレ（現在はパリ歴史博物館）、ブルデル、ドラクロワ、ニシム・ド・カモンド（トルコ系のユダヤ人銀行家の作った美術館。十八世紀の美術の中心）、パレ・ド・デクヴェルト（科学博物館）、トロカデロ水族館等、美術館という美術館をすべて訪れた、おまえはバガテルのバラ*を、夜のモンマルトルの丘を、明け方の中央市場を、会社や官庁の引けどきのサン・ラザール駅を、八月十五日正午から三時までの（車一台、人っこ一人いない閑散とした）コンコルド広場*を見た。だが、一つの目的が観光であれ文化であれ、あるいは、失望に終るものであれ馬鹿げたものであれ挑発でさえあっても（ポンプ通り、ソーセ通り、ボーヴォ広場、オルフェーヴル河岸*）やはりそれも目的であることを、つまり緊張、意志、情緒であることを妨げなかった。おまえの観光はシュールレアリストたちのはるかな思い出*にもかかわらず、興ざめでくだらぬものでさえあったにせよ、それでもやはり注意力の源であり、時間の使い方、空間の尺度であることに変わりはなかった。

　おまえは見る映画をもう選ばない、夜の八時か九時か十時ごろにたまたま行きあたる最初の映画館のどれにでも入り、薄暗い館のなかで、横長の長方形の空間に、たえず同じ冒険（音楽、恍惚、期待感）を描き出す光と影の多様な組み合わせが作られては消えていくのを眺めている一人の観客の影、ひとつの影の影でしかもうなくなる。それと同様に、おまえは食事をもう選ばない、食事に変化を与えようと、ポケットの底にある一日の小遣銭の三分の一にあたる一フラン硬貨五枚で（一九七〇年頃、五フラン＝約三百五十円）、「プチトゥ・スールス」のカウンターで得られる約三百種ばかりの組合わせを最後まで試そうとすることももうない。それと同様に、おまえはもう睡眠の時間も、読む本も、衣服も選ぶことはない……。

　おまえはなるがままになる、引きずられていくがままになる。人の群がシャンゼリゼ通りを上るか下るかする、それだけで十分なのだ、おまえの先数メートルのところ、灰色の通りを斜めに進む灰色の背中、それだけで十分なのだ。あるいはまた、光か光の欠如、物音か物音の欠如、壁、人の集まり、樹木、水、玄関、柵、ポスター、舗石、横断歩道、ショーウインドー、交通信号、街路標識、にんじん形嚙み煙草、小間物商の売り台、階段、円形交差点だけで……

おまえは歩いたり歩かなかったりする。眠ったり眠らなかったりする。六階の階段を降りたり昇ったりする。『ル・モンド』を買ったり買わなかったりする。食べたり食べなかったりする。腰をおろしたり、身体を伸ばしたり、立ったままでいたりする、映画館の薄暗い部屋のなかに滑り込む。煙草に火をつける。道路を横切り、セーヌ川を横切り、立ちどまり、また歩き出す。ピンボールをしたり、しなかったりする。

ときとしておまえは、三日、四日、五日、どれだけか知らないが部屋のなかに閉じ込もる。おまえはほとんど休みなしに眠る、靴下と二枚のYシャツを洗濯する。おまえは推理小説を読み直す、もう二十回も読み二十回とも忘れてしまったものだ。おまえは散らかっている『ル・モンド』の古い号のクロスワード・パズルをする。おまえは長椅子の上に四列、十三枚のトランプの札を並べる、エースを抜いて、ハートの6のつぎにハートの7を、クラブの7のつぎにクラブの8を、スペードの2をしかるべき位置に、スペードのクイーンのつぎにスペードのキングを、ハートの10のつぎにハートのジャックをそれぞれ置く。

おまえはジャムを食べる、パンがあるあいだはパンにつけて、それがなくなるとビスコット（甘みのないラスク）があるならビスコットにつけて、それもないときは小さなスプーンで壺の中からすくいとって。

おまえは巾の狭い長椅子に横になる、両手を首すじのうしろに組み、膝を立てて。おまえは目を閉じ、目を開く。ねじれたフィラメントが角膜の表面を、上から下へゆっくりと流れてゆく。

おまえは天井の割れ目や剥片や亀裂を数えあげ、結び合わせる。ひび割れた鏡の中に映るおまえの顔をじっと眺める。

おまえはひとりきりで話をしない、まだしない。おまえはわめき立てない、とりわけわめき立てない。

無関心には始まりも終りもない。それは、何をもってしてもぐらつかせることのできない不変の状態、おもり、惰性なのだ。外部世界からの通信は、おそらくまだおまえの神経中枢にまで届けられる、だが全面的な反応は、身体組織全体を活動させるような反応は、何ひとつ準備されているようには見えない。初歩的な反射だけが残っている。信号が赤のときは道路を渡らない、煙草に火をつけるために風を避ける、冬の朝はいつも以上に着込む、ポロシャツ、靴下、パンツ、下着のシャツは一週間にほぼ一回、シーツは月に二回弱変える、といった具合に。

無関心は言語を解体させ、記号を混乱させる。おまえは忍耐強いが、待っているわけではない、おまえは自由だが、選ぶということもない、おまえは手があいているが、おまえを動かすものは何ひとつない。おまえは何ひとつ求めない、何ひとつ要求しない、何ひとつ押しつけない。耳で聞きはするけれども、絶対に耳を傾けたりはしない、見るけれども、絶対にじっと眺めたりはしない。たとえば、天井の割れ目を、嵌木の薄板を、タイル張りの床の模様を、眼のまわりの皺を、樹木を、水を、石を、通りすぎる車を、空にさまざまな種類の雲を描き出す雲を。

いま、おまえは汲み尽しえないもののなかで生きている。一日一日は、沈黙と物音とで、光と闇とで、厚みで、予期で、身震いでできている。もう一度、いや何回でも、ただそのたびによりいっそう深く迷い込むこと、果てしなくさまようこと、眠りを、肉体の安らぎのようなものを見出すこと、ただそれだけだ。放棄、倦怠、惰眠、漂流だ。おまえは滑っていく、滑り落ち、へこたれるがままになる。空虚を求め、空虚を逃げ、歩き、停り、腰をおろし、テーブルにつき、肱をつき、横になること。

ロボットの動作だ。起きること、顔を洗うこと、ひげを剃ること、服を着ること。水に浮かぶコルク栓だ。波のまにまに漂うこと、雑沓に従うこと、うろつくこと。厚い沈黙につつまれた夏、閉じた鎧戸、人気のない街、べたべたとするアスファルト、そよとも動かぬ葉のむれの黒に近い緑。ショーウインドーと街燈の冷たい光につつまれた冬、カフェの入口にこもる水蒸気、枯木の切り残しの黒ずみ。

おまえはみすぼらしいカフェに、ビストロに、居酒屋に、酢と垢の匂いを放つ、明りのない「酒・石炭」と書かれた店（場末の街ではしばしば酒屋と炭屋とをかねる）に入る。ぼろぼろになったポスターのインキで汚れた板塀に沿って、おまえは油染みた小路を歩き、シャルル・ミッシェル（メトロの駅名。広場の名）か、あるいはシャトー・ランドン（メトロの駅名。大通りの名）の方へ向う。おまえは四辻や公園のベンチに、定年退職者のように、老人のように、腰をおろす、だがおまえは二十五歳でしかないのだ。おまえはホテルのロビーに行き、フェイクレザーのソファーに座って待つ、人びとが往ったり来たりするのを眺め、パンフレットやカタログやポスターを読む、『夜のパリ』『インド周航』といった折畳式観光案内書、あたりにころがっている『フランスホテル業消息』『フランス旅行クラブ』といった雑誌を読む。おまえは新聞の印刷所や編集局の前の掲示板に貼ってある新聞を読みに行く、『ル・モンド』『ル・フィガロ』『ル・キャピタル』『ラ・ヴィ・フランセーズ』などだ。おまえは市立図書館のなかをうろつく。カードに必要事項を記載し、歴史の本を、学識豊かな著作を、政治家、登山家、僧侶などの回顧録を読む。

おまえは歩道に沿って歩き、歩道のわきの溝を、駐車している車と車道の縁とを分かついくぶん広い空間をのぞき込む。そこにおまえは小さな丸い球を、小型のぜんまいを、鎖の輪を、貨幣を、ときには手袋を、ある日などは財布を見つけ出す、いくらかのお金、証明書類、手紙、写真などが入っていて、それを見ておまえはほとんど涙ぐまんばかりになる。

おまえはリュクサンブール公園でトランプをする男たちを、シャイヨ宮の大噴水を眺める、日曜日ごとにおまえはルーヴル美術館に出かけ、立ちどまらずにどの部屋もすべて通り抜けて、最後に一風変わった絵とか、一風変わったオブジェのかたわらで止まる。上唇の上のところ、左側に、つまり本人にとっては左側、おまえにとっては右側に、ごく小さな傷跡のあるルネサンス時代の男の信じがたいほどエネルギーにあふれた肖像画*、あるいは、彫刻された石、エジプト風の小さなスプーンといったもので、その前でおまえは一時間も二時間もじっとしたまま、それから立ち去る、振り返ることもなく。

ひっきりなしの、倦むことのない歩み。おまえは、まるで目に見えないトランクを持ち運んででもいる男のように歩く、まるで自分の影のあとをつけてでもいる男のように歩く。盲人の、夢遊病者の歩み、おまえは、機械的な歩みで、つきることなく、歩いているのを忘れるほどまでに前へ進む。

細心のぶらぶら歩き、徹底した夜歩き魔、影の薄い男、ひらひらとしたシーツを纏わせたなら幽霊と見紛わせるだろう、子供たちを恐がらせることさえない幽霊であろうが。

疲れを知らぬ健脚家、毎晩おまえは部屋の黒い穴から、腐った階段から、静まりかえった中庭から姿を現わし、パリを縦横に横切ってゆく。光と騒音の繁華街、オペラ座、中央大通り、シャン・ゼリゼ、サン・ジェルマン、モンパルナスを抜けて、おまえはさびれた街の方へ、ペレールとかサン・タントワーヌの方へ、ロンシャン通り、ロピタル大通り、オベールカンプ通り、ヴェルサンジェトリクス通りの方へ潜り込む。

夜通し開いている数軒のカフェ。おまえは立ったまま、ほとんど身動きせず、ガラス製のカウンターのうえに肱をつく、縁の丸みがかった厚い透明な板で、銅のボルトで台座のコンクリートに接着されているものだ、身体は半ば、三人の水兵がかじりついているピンボールの方に向けたまま。飲むのは赤ブドウ酒かフィルター式のコーヒー（一九七〇年ぐらいまで存在。現在はなくなった）だ。

平穏な人生。おまえは庇護されている。おまえは眠り、食べ、歩き、生き続ける、まるで、無頓着な研究者によって迷路のなかに置き忘れられた実験用の鼠のように、朝晩、決して間違わずに、決して躊躇せずに、餌壺へと向い、左に曲り右に曲り、赤で丸く囲まれたペダルを二度押して、ビンに入った一回分の食事を受け取る実験用の鼠のように。

順位は何もない、好みは何もない。おまえの無関心に変化はない。灰色からどんなグリザイユも思い浮かべることのない灰色の人間。無感覚なのではなく、中性的なのだ。水はおまえの心を惹く、石も同じく、光も闇も、暑さも寒さも。存在するのはただおまえの歩みだけ、それに、注がれては滑っていくおまえのまなざしだけ、そのまなざしは、美しいものも汚ないものも、慣れ親しんだものも意外なものも無視し、おまえの眼のなかで、天井で、足許で、空で、ひび割れのした鏡のなかで、水のなかで、石のなかで、群衆のなかで、いたるところで、たえず、作られてはほぐれていく形と光の組み合わせしか捉えない。広場、並木通り、四辻の小公園、それに大通り、樹木と柵、男と女、子供たちと犬ども、待機、雑踏、乗物、それにショーウインドー、建物、建物正面、柱石、柱頭、歩道、歩道ぎわの溝、霧雨のしたできらきらと光る砂岩の舗石——灰色の、あるいは、ほとんど赤に近い、あるいはほとんど白に近い、あるいはほとんど黒に近い、あるいはほとんど青に近い舗石――沈黙、喧噪、騒音、駅の群衆、商店、大通り、人出で黒ずんだ街路、人出で黒ずんだ河岸、朝も夕べも夜も、夜明けもたそがれどきも、八月の日曜日の人気のない街路。

おまえはいま世界の無名の支配者だ、歴史にはもう左右されず、雨が降るのをもう感じず、夜が来るのにもう気のつかない無名の支配者だ。

おまえはおまえ自身の明白な事実、持続するおまえの生、おまえの呼吸、おまえの歩み、おまえの老化という明白な事実しか知らない。おまえは人びとが往き来するのを、群衆と事物とが作られてはほぐれていくのを眺める。小間物店の小型ショーウインドーで、おまえはカーテンレールを見つけ、それに突如目を吸いつけられる。おまえは歩き続ける、おまえは近づき難い男だ。

眼と枕との出会いが、一つの山を、かなりゆったりとした傾斜を、四分円、というよりもむしろ円弧を生じさせ、それが空間の残りの部分よりも薄暗く、前景に浮き出ている。この山はつまらなくもないが、ごく普通のものだ。さしあたっておまえの心は、やらねばならないと思われる仕事によって占められているが、おまえはそれが何かを正確にうまく定められないでいる。それ自体あまり重要でなくて、おまえがその法則を知っているかどうかを調べる口実とか機会でしかない仕事らしい。たとえばその仕事とは、とおまえは推測し、事実そうであることがすぐに確認されるのだが、親指ないしは手全体を枕の上の方に持っていくことだ。だが、それをするのは本当におまえの役割なのか？　階級制のなかでおまえが占めている位置、何年間かの兵役、それらはこうした雑役からおまえを免かれさせるのではないか？　こうした問いはむろん仕事それ自体よりもずっと重要なのだが、おまえにはこれを解くすべがまったくない、こんなにあとになってからこの種のことを説明する破目になるとは思ってもいなかったのだ。それに、もう少しよく考えてみると、問題はいっそう複雑であることにおまえは気づく。つまり、おまえの役割、階級、勤続年数いかんで親指を動かすべきであるとかその必要はないとかといったことではなく、むしろこうなのだ。いずれにせよ、遅かれ早かれ親指を動かす必要はあるだろう、ただ、もしおまえがかなり勤続年数を積んでいるなら枕の上側から、そうでないなら下側から動かす、ということなのだ、ところで、もちろん自分の勤続年数についておまえにはまったく覚えがなく、非常に古くも思われれば、逆にそれほどでもないようにも思われる。おそらく、この問いを出すにつけて、おまえが十分勤続年数を積んでいるのかいないのかを、誰一人として、もっとも公明正大な裁判官でさえも危険なしには断言できない、まさにその瞬間が選ばれたのではないだろうか？

この問いは、また、足の指にも、腿についても出されうるかもしれない。だが実は、その問いは何も意味しない。真の問題は接触の問題なのだ。原理的に言って二つの型の接触がある。おまえの左の腿、右の足、右の前腕、腹の一部について言えば、身体とシーツとの接触があり、それは、融合、滲透、溶解だ。それから、おまえの身体と身体それ自体との接触がある、肉が肉に触れ合い、左足が右足の上をかすめ、両膝が触れ合い、肱が胃と接する、そのような接触だ。これらの接触は鋭敏で、暑かったり、冷たかったりする、あるいは、暑いと同時に冷たいこともある。もちろん、動き全体をあべこべに考えて、事実は逆だ、左足が右足の下に、右の腿が左の腿の下にあるのだ、と主張することもできるし、それで不都合が起ることはほとんどない。

これらすべてのなかでもっとも重要なことは、もちろん、おまえが両脚を軽く折り曲げ両腕で枕を抱きしめるといった形で、右を横にしても左を横にしても寝てはいないということだ、そうではなく、おまえは冬眠する蝙蝠のように、というかむしろ、梨の木に残る熟しすぎた梨といった具合に、さかさまにぶらさがっているということだ。つまりおまえは、いつなんどき下に落ちるかもしれないのだ、かといってそれほど厄介なことにも思われない、おまえの頭は枕で完全に守られているのだから、とはいっても、それがどんなに僅かであれこの危険から逃れるのはおまえの義務だ。しかしながら、その手段を知っているかぎり吟味するとき、おまえは情勢が当初考えていたよりも重大であることにすぐに気づく、水平でなくなるのは眠りによくないというのがその理由でしかないとしても。したがって、下に落ちる腹を決めなければならない、あまり快適でないことははじめからわかっていてもだ、いつ落ちるのを止めたらよいのかがわからないし、何よりも、下に落ちるにはどうしたらよいかをおまえは知らない、そのことを考えていないときにはじめておまえは落ち始めるのだから、しかもまさしくおまえはそのことを考えている以上、どうしてそのことを考えないことができようか？ これは、誰ひとりとして真面目に正面から考えたことのない問題で、にもかかわらずそれなりに重要なことなのだ。この件にかんしてなんらかのテキストがあってしかるべきだろう、一般に信じられている以上にはるかに頻繁に生じるこうした事態に、正面から立ち向かう助けになるような、信頼のおけるテキストが。

おまえの身体の四分の三は頭の中に逃げ込んでしまった。心臓は眉毛の中に住みつき、そこにすっかり根を下ろし、おそらく、せいぜい、いくぶんせわしげに、生き物のように鼓動している。おまえは身体の点検をしなければならない、手足、器官、内臓、粘膜が完全であることを検証しなければならない。頭をいっぱいにふさぎ、鈍らしているこれらすべての身体の断片を、おまえはきっとそこから追い払いたいだろうが、同時に、できるだけ多くの部分を救い出したことを喜んでもいる、というのも他のすべての部分は失われてしまい、おまえにはもう足もなく、手もなく、ふくらはぎはすっかり溶解してしまったのだから。

こういったことすべてが次第に複雑になっていく。まず最初に、肱を取り除かねばなるまい、そうすればこれですきまのできた空間に、腹の一部をすくなくとも置くことができよう、といった具合に、おまえがほぼ再構成されるまで次つぎにやるのだ。だがこれはおそろしく難しい。欠けている部分もあれば、その他に、重なっている部分があり、無茶苦茶に肥大した部分があり、まったく見当違いの領土要求を持ち出している部分がある。肱はかつてないほどに肱そのものになりきっている、人がこれほどまでに肱そのものになりうることをおまえは忘れていた、爪は手の代りになっている。そしてもちろん、死刑執行人どもが介入すべく選ぶのは、常にこの瞬間である。一人がおまえの口の中に炭酸石灰をいっぱい含んだスポンジを押し込み、もう一人が両耳に綿を詰め込む。縦挽き製材工が何人か副鼻腔の中に腰を据えた、放火魔が胃に火を放ち、サディストの仕立屋どもが足を締めつけ、小さすぎる帽子を深ぶかとかぶらせ、きつすぎる外套のなかにおまえを押し包み、ネクタイで首を締めあげる。煙突掃除人とその下っ端が気管の中に結び目のある綱を突っ込み、涙ぐましい努力をしながらも、うまく綱を引き出せないでいる。

彼らはほとんど毎回やってくる。おまえは彼らをよく知っている。ほとんどほっとするほどだ。彼らがそこにいるのは、眠りがもうそれほど遠くにはないからだ。彼らはおまえをちょっと苦しませる、それから厭きてしまい、おまえを静かに放っておくようになる。彼らはおまえに苦痛を与える、たしかにそうだ、だがおまえはその苦痛に対して、おまえの感ずる感覚すべて、おまえを横切る思念すべて、おまえの覚える印象すべてに対するのと同様、全面的に無頓着だ。おまえは自分が驚いている姿を驚くこともなく眺める、不意を打たれている姿を意外にも思わずに眺める、死刑執行人たちにさいなまれている姿を苦痛もなく眺める。おまえは彼らが静かになるのを待つ。彼らが欲する器官をすべて、喜んで彼らの手に委ねる。彼らがおまえの腹を、鼻を、喉を、足を取り争うのを遠くから見ている。

だがしばしば、かなりしばしば、そこに最後の罠がある。そのとき最悪の事態が生じる。それは、感じられないほどゆっくり立ち昇ってくる。最初はすべてのものが静かで、静かすぎるくらいだ、正常で、正常すぎるくらいだ。すべてのものがもう二度と動くはずはないようだ。だがついで、おまえはだんだんと確信を強めながら、身体を失ってしまったことを知る、知り始める、というよりはむしろ、そうではなく、それほど遠くないところに身体は見えるのだが、二度と身体と一緒にならないということを知るのだ。

おまえはもう、一つの眼にすぎなくなる。巨大な、じっと動かない眼、ぐったりと横になっているおまえの身体も、見つつ見られるおまえも、すべてを見る眼だ、まるで眼窩のなかでそっくり裏返されたかのように、そして、一言も言わずにおまえを、おまえだよ、おまえの内部を、暗黒の、からっぽの、海緑色の、脅えた、無力なおまえの内部を凝視するかのように。その眼はおまえを眺め、おまえを釘付けにする。おまえは自分を見ることを決してやめないだろう。おまえはどうすることもできない、おまえを逃げることはできない、おまえのまなざしから逃げることはできない、絶対にできないだろう。たとえおまえが、どんなに揺すっても呼んでも焼いても眼が覚めないほどぐっすりと眠ることができたとしても、いぜんとしてこの眼は存在するだろう、決して閉じることのない、決して眠ることのないこのおまえの眼は。おまえはおまえを見る、おまえはおまえがおまえを見るのを見る、おまえがおまえを眺めるのを眺める。たとえおまえが眼を覚ましたにしても、おまえの見たものは同一で、変化することはないだろう。たとえおまえが多数の、無数のまぶたをくっつけることができたとしても、いぜんとしてそのうしろに、おまえを見ることの眼は存在するだろう。おまえは眠らない、だが眠気はもうやって来ないだろう。おまえは眼をさましはしない、それに二度と眼を覚ますことはないだろう。おまえは死んだのではない、それに、死でさえもおまえを解き放つことはできないだろう……

牝牛のように、牡蠣のように、鼠のように自由だ！

だが鼠は何時間ものあいだ眠りを求めることはない。だが鼠は恐怖に襲われ汗びっしょりになってはっと眼を覚ますことはない。だが鼠は夢を見ることはない、それにおまえの見る夢にたいしておまえに何ができるというのか？

だが鼠は自分の爪を噛むことはない、とりわけ続けて何時間ものあいだ、系統的に、爪の先っぽがもう傷の拡がりでしかなくなるまで噛むことは。おまえは角質の皮を爪のなかほどまで引きむしり、それが肉にくっついている箇所に疵をつける。指骨のほとんど全体の長さにわたって死んだ皮膚を引き裂く、血がしたたり始めるまでに、指が痛み出し、何時間ものあいだわずかな接触も耐えがたくなってもう何も掴むことができず、熱湯のなかに手を漬けねばならなくなるほどまでに。

だが鼠は、おまえの知るかぎり、ピンボールをして遊ぶことはない。おまえは何時間ものあいだ、幾晩も幾晩も、むきになって、熱に浮かされて、機械に張り付いて離れない。はあはあ喘ぎながら機械にかじり付き、腰をふんばり鉄のボールのバウンドについていく。ボールを打つ発条、明滅するランプ、出てくる数字、球の道すじにおまえは執拗に食いさがる。

色を塗った女の像、その片眼にランプがつき、手の扇が下にさがる。《チルト》（ゲームの最中に台を手荒く扱うとランプがついて作動しなくなる）が出ればお手上げだ。さらにゲームをしてもよいし、しなくてもよい。ただ《チルト》と対話をかわすことはできない、《チルト》の語りえないことを、語らせることはできない。《チルト》に身をすり寄せ、息を弾ませてみてもむだである、《チルト》はおまえの覚える友情に、おまえの求める愛情に、おまえを引きむしる欲望に、無感覚なままだ。千四百点で十分なところへ六千点、それは、おまえの傷をさらに深くし、おまえをさらにもう少し破滅させるだけだろう。

おまえは街をうろつく、映画館に入る。おまえは街をうろつく、カフェに入る。おまえは街をうろつく、セーヌ川を、屠殺場を、電車を、ポスターを、人びとを眺める。おまえは街をうろつく、映画館に入り、いま見てきたばかりの映画に似ている映画を見る、しごく気の利いた男によって物語られ、かわいらしさと音楽でいっぱいのいい気なお話、まったく同じお話だ。ついで中休みがあり、二十回も百回も見た広告映画、十回も二十回も見たニュース映画、鰯とか、あるいは太陽とかハワイとか、あるいは国立図書館とかのドキュメンタリー、すでに見た映画、そしてこれからも見るかもしれない映画の予告篇、と続いてそのあと、おまえがいま見たばかりの映画がもう一度始まる、こま切れになったクレジット、エトレタ（ノルマンディー地方、英仏海峡にのぞむ街）の海岸、海、かもめ、砂の上で遊ぶ子供たちの姿。

　おまえは外に出る、光でまぶしすぎる街をうろつく。おまえは部屋に上る、服を着換える、シーツのあいだに滑り込む、明りを消す、目を閉じる。さっと服を脱いだ夢の女たちがおまえのまわりに押し寄せてくる時刻だ、何回となく読みふけった本でくたくたになる時刻、眠りに入ることができずに何回となく輾転反側する時刻だ。暗闇のなかで大きく眼を見開いて、灰皿やマッチや最後の一本の煙草を求めて巾の狭い長椅子の足もとのあたりを手探りしながら、不幸の広がりを冷静に計る時刻だ。

　このところおまえは夜再び起きあがる。街をうろつき、「ローズバッド」や「ハリーズ」（前者はモンパルナス。後者はオペラ座界隈にあった実在のバー）といったバーの止まり木に腰かけに行く、あるいはまた、サン・トノレ通りの、おまえの部屋のほとんど真むかいにある「フランコ・スイス」（ホテルのバー。現存する）に腰をおろしに行く、あるいはまた、中央市場にあるカフェのテーブルに座りに行く、そして何時間ものあいだ、一杯のビールなりコーヒーなり赤ブドウ酒なりを前にして、看板までねばっている。おまえは他の連中が往ったり来たりするのを眺める、肉屋の店員たち、花売り娘たち、新聞売子たち、浮かれ騒ぐ男たちの群、孤独な酔っぱらいたち、淫売婦たちを。

おまえはひとりきりだ、おまえは漂う。発育不良の樹木、表面のはげた建物の正面、黒ずんだポーチに沿って、荒涼とした並木道を歩く。バチニョル大通りの、パンタン（パリの東部、ウルク運河沿いにある工場街）の、底知れぬ醜悪さのなかを行く。出くわすものといえば、もう長い間水の枯れたヴァラスの泉水*、べたつくような教会、大きな穴のあいた工事現場、蒼白く光る壁以外に何もない。鉄格子の柵でおまえを閉じ込める小公園、下水口のまわりに澱む水たまり、家内工場のお化けじみた入口。ヨーロッパ街にある金属製の陸橋の下で、蒸気機関車が白い煙をふうっと吹き上げている。バルベス大通り、クリシー広場、信号を待ち焦れた人の群が空に眼を向ける。

おまえは、孤独の、魔法の輪を破ろうとしない。おまえはひとりきりだ、誰ひとり知ったものはいない。おまえは誰ひとり知ったものはいない、ひとりきりだ。おまえは他の人々が群がり合い、身を寄せ合い、互いに守り合い、からみ合うのを見る。だがおまえは、まなざしは生気がなく、透明な幽霊、壁土の色をした癩病患者、すでに粉ごなになった体つき《シルエット》、誰も近づくことのないふさがった席でしかない。おまえはありそうもない出会いの希望をつとめて抱こうとする。だが、革が、銅が、木が輝き始めるのは、光が柔らかに差し込むのは、物音がフェルトのように和らぐのは、おまえのためではない。煙草の煙が重く籠めてくるにもかかわらず、レスター・ヤング（ジャズ演奏家、テナーサックス奏者、クラリネット奏者。一九〇九—一九五九）やコルトレーン（ジャズ演奏家、サックス奏者。一九二六—一九六八）の曲にもかかわらず、おまえはひとりきりだ、バーのふわふわとした熱気のなかで、おまえの足音が響く人気のない通りで、ひとり開いたままのビストロとのおぼろげな共犯のなかで、ひとりきりだ。

おまえはただ一度しか立ち向かわないだろうが、いろいろな敵がいる、身の毛もよだつ蛇が立てる冷ややかな物音を知り確認するとき、孤立感と焦燥とで凍え、途方にくれ、自分の視線によって、ほんの細かな事柄（一本の巻き毛、コップの影、捨てられた煙草のゆらゆらとするかすかな動き、左右に扉のあるドアが閉まるときの最後の震え）をだんだんと鋭くまただんだんと虚しく知覚することによって、本心が露にされて、ちょうどよいタイミングで逃げ出すとき。何一つおまえに気付かれないものはないが、おまえは何一つ捉えない、ただし、ずっとあとから、いつでもずっとあとからだが、影を、像を、ひび割れを、身のかわしを、微笑みを、あくびを、疲労を、あるいは投げやりを捉えはするのだが。

禍はおまえに襲いかかったのではない、おまえに飛びかかったのではない。じわじわと浸透したのだ、ほとんど心地よいばかりにそっと忍び込んだのだ。それはおまえの生活に、動作に、時間に、部屋に、すみからすみまで染み込んだ、長いあいだ覆われてきた真実のように、拒まれてきた明証のように。執拗にかつ忍耐強く、微妙に、熱烈に、禍は天井の割れ目を、ひび割れた鏡に映るおまえの顔の皺を、並べたトランプのカードを、捉えつくした。それは踊り場の水道の蛇口にたまる水滴のなかにそっと入り込んだ、それは十五分おきに打つサン・ロック教会の鐘の音とともに鳴り響いた。

罠は、ときとしてほとんど高揚を覚えさせるこの感情、この自尊心、この種の陶酔だった、おまえは思っていた、必要なのはただ街だけだ、街の石と通り、おまえを引きずっていく人の群だけだ、必要なのはただ「プチトゥ・スールス」のカウンターの端っこ、街の映画館の前方の席だけだと。必要なのはただおまえの部屋、おまえの洞窟、おまえの檻、おまえの巣穴、毎晩戻ってきて毎日出ていくおまえの部屋、あのほとんど魔法の場だけで、以後は何ひとつとして、天井のひとすじの裂け目さえも、棚の木のひとすじの木目さえも、色紙に描かれた一輪の花さえも、おまえの忍耐にさらされることはないと。おまえはもう一度横巾の狭い長椅子のうえに五十二枚のカードを並べる。もう一度形なき迷路のありそうもない出口を探してみる。

おまえは神通力を失ってしまった。角膜の表面にあぶく玉や小枝がゆるゆると漂うのを追っていくことがもうできない。いかなる顔も、いかなる勝利の騎馬行列も、地平に浮かぶいかなる都会も、割れ目と影をとおして判読されないのだ。

罠だ。この危険な幻覚は——どう言ったらよかろうか？——外から侵されることはない、外部世界にはいかなる手がかりも与えないという幻覚、目を開いて前方を見て、細大もらさずすべてのものを知覚しながら、何ひとつ記憶に留めることなく、触れ得ぬものとして滑っていくというこういう幻覚は。目覚めた夢遊病者、目が見えている盲人。記憶を欠き、恐怖を知らぬ存在。

だが逃げ道はない、奇蹟は起こらず、いかなる真理もない。殻と鎧があるだけだ。すべてが始まり、すべてが停止したあの息苦しかった日以来だ。おまえは黒ずんだ通りの汚れた壁ぎわを歩く、玄関に突き出た踏段の石、建物正面の煉瓦に右手をぶつけながら。おまえはセーヌ川を下にして、足をぶらぶらさせて腰をおろし、橋のアーチがうがつかすかな渦を眺めて何時間も時をすごす。おまえは五十二枚のカードを並べて四枚のエースを抜き出す。

いつも同じばらばらの動作、絶対にどこにも通じていかない同じ道、それをおまえは何回繰り返したことか？　安あがりの隠れ場、愚かしい忍耐、いつでもおまえを出発点に連れ戻す幾つもの廻り道、それ以外におまえの助けになるものはない。小公園から美術館へ、カフェから映画館へ、川縁の土手から公園へ、駅の待合室、高級ホテルのロビー、モノプリ（支店を幾つも持つスーパーマーケットの系列）、本屋、画廊、地下鉄の通路。樹木、石、水、雲、砂、煉瓦、光、風、雨。だが大事なのはおまえの孤独だけだ。何をしようと、どこへ行こうと、おまえの目にするものはすべて重要でない、おまえのすることはすべてむなしい、おまえの求めることはすべていつわりだ。あるのはただ孤独だけで、それをおまえは、遅かれ早かれ、そのたびに、自分の前に見出すことになる、親しみのある、あるいは、痛ましい姿をした孤独を。そのたびに、おまえはひとりきり、助けもなくその前に置かれる、おろおろするか目を血走らせるかして、絶望するか苛々するかして。

おまえは話をするのを止めた、沈黙だけがおまえに返ってきた、だが、これらの言葉、おまえの喉のところで止まってしまったこれら数多くの、数限りない言葉、脈絡のない言葉、悦楽の叫び、愛の言葉、馬鹿笑い、いったいおまえはこれらの言葉をいつまた見出すのだろうか？

いまおまえは沈黙を恐れつつ生きている。だがおまえはあらゆる人間のなかでももっとも沈黙の多い者ではないのか？

化物どもがおまえの生のなかに押し入ってきた、鼠、おまえの同類、おまえの同胞が。数十、数百、数千の化物ども。かすかな気配、沈黙の状態、すばやい移動、ゆれていて捉えどころがなく、脅えていて、おまえの視線とすれちがうとそらされる視線、それらによっておまえは彼らを見定め、見分ける。彼らのむさくるしい屋根裏部屋の窓に、明かりは真夜中でもまだともっている。彼らのたてる足音は夜どおし響きわたる。

鼠はおたがいに話をしない、すれちがっても相手を見ない。だが、年令のないこれらの顔、ほっそりとした、あるいはたるんだ身体の線、灰色の丸い背中、おまえはそれをいつでも身近に知っている、彼らの影を追い、彼らの影となり、彼らの巣に、穴倉に出入りする、おまえは彼らと同じ隠れ場、同じ避難所を持っている、消毒剤の臭いをぷんぷんさせる町の映画館、小公園、美術館、カフェ、鉄道の駅、メトロ、市場だ。おまえと同じようにベンチに腰をおろし、埃のような砂のうえに、いつも同じゆがんだ円をひっきりなしに描いては消している絶望の塊、紙屑籠のなかから拾い出した新聞を読む人びと、どんな悪天候にもひるまずに彷徨する人びと。彼らはお前と同じような旅路を経験している、同じようにむなしい、同じように緩慢な、同じようにあきれるほど複雑な旅路を。彼らは、メトロの駅に貼ってあるパリの地図を前にして、おまえと同じようにためらう、彼らは川の土手に腰をおろし、ミルクロールを食べる。

追放された者、賤民、排斥された者、目に見えぬ運命の星をいだく者。彼らは頭を下げ、肩を落とし、ひきつった手で建物の石にしがみつきながら、壁ぎわをすれすれに歩く、敗者の、苦杯をなめた者の、倦んだ動作だ。

おまえは彼らのあとに付き従う、彼らを窺い、彼らを憎む。女中部屋に身を潜めている化物たちを、腐臭を放つ市場の近くでズック靴の足を引きずっている化物たちを、八目鰻の海緑色の目をした化物たちを、機械的な動作を身につけた化物たちを、同じことをくどくどと繰り返す化物たちを。

おまえは彼らと肩を並べて歩く、彼らの後についていく、彼らのあいだを掻き分けて前へ進む。夢遊病者、乱暴者、老人、白痴、ベレー帽を目深にかぶった聾唖者、酔っぱらい、喉の痰をぜいぜいならし、頬や眼蓋のひくひくとする震えをこらえている老いぼれ、大都会でうろうろする百姓、未亡人、陰険人間、おじじ、せんさく好き、そういう連中のあいだを。

彼らはおまえのところにやってきて、おまえの腕にしがみついた。まるで、自分の街で姿を消し、身元不明人となったおまえには、他の身元不明人としか出会うことができないかのように。まるで、孤独なおまえには、他の孤独な人間すべてがおまえに飛びついてくるのを目にするかのように。まるで、決して口をきかない人間、ひとりきりで言葉をもらす人間だけが、同じカウンターで赤ブドウ酒のグラスを傾けるとき、お互いに出会うことができるかのように。気遣い爺さん、酔っぱらい婆さん、神がかり、亡命者だ。彼らはおまえの背広の襟《えり》の折り返しに、上着のすそに、袖にへばりつき、おまえの顔に息を吹きかけてくる。

彼らは、善良そうなほほえみを浮かべて、パンフレット、新聞、旗をもって、小股でおまえのところにやってくる、愚劣な社会正義の痛ましい戦士たち、多発性脊髄炎、癌、貧民窟、貧困、半身不随、失明などにたいする戦いに出ていく骨ばった顔つきの男たち、仲間のために義捐金をつのりにくる陰気なシャンソン歌手たち、食卓用マットを売って歩くなぐられた孤児たち、動物愛護のやせ細った未亡人たちが。いきなり近づいてきて、おまえを引き留め、手で押し動かし、彼らのけちくさい真実を、果てしない問いを、慈善事業を、真実の道を、おまえの顔に吐きかける人びとすべてが。世界を救う真の信仰のサンドイッチマンたちが。「苦しむ人々よ、神の御許へ来られよ*」。「イエズスは言った、目の見えぬ者よ、目の見える者のことを思え*」。

土気色の顔、擦り切れた襟、自分の人生、牢獄、老人ホーム、にせの旅、病院、こういったことをたどたどしくおまえに物語る者。綴字法改革を志している年老いた小学校の教師、古紙を回収するのに絶対確実な方法を完成したと思い込んでいる定年退職者、戦略家、占星術師、水脈占い師、祈祷師、立会人、固定観念で生きているすべての者。人間の屑、がらくた、害にもならぬ老いぼれの化物、酒場の主人たちは彼らをからかい、口のところまで持っていけないほどグラスになみなみと酒をつぐ、マリー・ブリザールの酒（マリー・ブリザールは会社名。各種リキュールを製造している）を一気に飲みほし、なお毅然としていようと努めている毛皮を着た売春婦たち。

そしてその他すべての者、最悪な連中、信心屋、抜け目のない連中、うぬぼれ屋、心得顔に笑みを浮かべて解ったと思い込んでいる連中、でぶっちょの万年青年、乳製品販売商、レジョン・ドヌールの受勲者。一杯機嫌の飲み助、ポマードてかてかの田舎者、金持、呆けなす。正当な権利をもつことによって勢いを得、おまえを証人として要請し、おまえの顔をまじまじと見つめ、おまえを尋問する化物。大家族で化物の子供を、化物の犬をかかえている化物。赤信号によって通行どめをされた無数の化物。金切り声をたてている雌の化物。口髭をたくわえ、チョッキを着込み、ズボン吊を身につけている化物、醜悪な記念碑の前に束になって吐き出されてくる化物の観光客、晴れ着を着た化物、化物の群衆。

おまえはうろつきまわる、だが群衆はもうおまえを運ばない、夜はもうおまえを護らない。おまえは歩く、相も変わらず、疲れを知らぬ不滅の健脚家。おまえは探し、おまえは待つ。おまえは化石の街のなかをうろつく、磨き直された建物の昔どおりの白い石、でんとして動かないごみ箱、門番《コンシエルジュ》がよく腰をおろしにきた空いている椅子。おまえは人気のない街のなかをうろつく、腹をえぐられた建物のかたわらに取り残されている足場、霧によって、雨によって、押しやられた橋。

腐敗した街、卑しい醜悪な街。陰鬱な街、陰鬱な通りの陰鬱な光、陰鬱なミュージックホールの陰鬱な道化、陰鬱な映画館の前の陰鬱な行列、陰鬱な店先に置かれた陰鬱な家具類。黒々とした鉄道の駅、兵舎、倉庫。中央大通り《グラン・ブルヴァール》沿いに並んでいる不吉なブラスリー（カフェレストラン）、ぞっとするようなショーウインドー。騒々しいかと思うと人の気配がなく、蒼白く弱々しいかと思うとヒステリックになる、腹をえぐられ、荒らしまわされ、けがされた街、禁止事項、柵、格子、錠前だらけの街。死体置場の街——腐食した市場、団地に化けた貧民窟、パリの中心部にあるスラム街。いぬどものさばるオスマン、マジャンタの大通り*の耐え難い醜悪さ。シャロンヌ*。

独房のなかの囚人のように、狂人のように。出口を求める迷路のなかの鼠のように。おまえはパリの街を四方八方歩きまわる。餓鬼のように、宛名のない手紙を運ぶ使者のように。

おまえは待つ、おまえは希望する。犬どもがおまえに懐《なつ》いてしまった、それにレストランのウエイトレスも、カフェのボーイも、映画館の案内ガールも切符売りも、新聞売りも、バスの車掌も、美術館の人影のない部屋を監視する傷痍軍人も。おまえは恐れずに話しかけることができる、彼らはそのたびに抑揚のない声で答えるだろう。今では彼らの顔は見慣れてしまった。彼らの方はおまえをおまえとして見極め、認める。彼らは知らない、この形ばかりの挨拶が、この微笑みだけが、この無関心な頷《うなず》きが、それだけがおまえを日々救っているのだということを、おまえは一日中それを待ちうけていた、まるでそれが、おまえは語ることができないが彼らはおおよそは推察している名誉ある行いの報酬ででもあるかのように。

それから、ときとして、おまえはやけになって、おまえの千鳥足の人生にがっちりとした規律の首輪をはめようと試みる。おまえは秩序を打ち樹てる、部屋を整理し、きっちりと予算をたてる。おまえの貯えは月に五百フラン（この額は当時の最低賃金にほぼ等しい。学生ならばなんとか暮せる）、そこから部屋代の五十フランを差し引くと、日に十五フランが残り、それは次のような明細になる。

ゴーロワーズ（もっとも安い煙草）一箱　一・三五フラン
マッチ一箱　〇・一〇フラン
食事一回　四・二〇フラン

映画一回　二・五〇フラン
案内ガールへのチップ　〇・二〇フラン
『ル・モンド』　〇・四〇フラン
コーヒー一杯　一・〇〇フラン

残りは五・二五フランで、それは、ブドウパンかバゲット半分かですますもう一回の食事、もう一杯のコーヒーのため、メトロ、バス、歯みがき粉、洗濯代のためだ。

おまえは自分の生活を時計のように調整する、まるで自分を見失わない最良の手段は、完全に破滅してしまわない最良の手段は、取るに足らない仕事に没頭することであり、前もっていっさいのことを決めておくことであり、何ひとつとして偶然の手に委ねないことであるとでもいうかのように。おまえの生活が卵のように丸っこく、すべすべとして、閉じられてしまうようにと、おまえにかわっていっさいのことを決定し、おまえの意に反してもお前を護る不動の秩序によって、おまえの動作が固定されてしまうようにと。

見事なぐらい厳密に、おまえは道順を決める。モンスーリ公園からビュットゥ＝ショーモン公園まで、デファンス宮から陸軍省まで、エッフェル塔から地下墓地《カタコンブ》まで、道から道へ、おまえはパリを踏査する。毎日、同じ時刻に、同じものを食べる。鉄道の駅や美術館を訪れる。同じカフェでいつものコーヒーを飲む。五時から七時まで『ル・モンド』を読む。

おまえは床につくまえに服をたたむ。土曜日の朝ごとに部屋をすみからすみまで掃除する。毎朝床をなおし、髭をそり、桃色のプラスチック製洗面器で靴下を洗い、靴を磨き、歯を磨き、茶椀を洗い、拭き、棚の上の同じ場所に置く。毎朝同じ時刻に、同じ場所で、同じ仕方で、一日一箱ときめたゴーロワーズの糊付き紙テープを切る。

部屋の整頓。時間割。おまえは子供じみた禁止事項を自分に課する。歩道の端で舗石のつぎ目の上を歩かないこと。ロータリーでの進行方向、駐車禁止区域を尊重すること。おまえは時間に遅れたり、時間より前にいくことに耐えられない。おまえは四十五分おきに煙草の火をつけようとする。

まるでおまえは、絶えず待ち望んでいるみたいだ、ほんのわずかでも気力が衰えたなら、ただちにはるか遠くに連れていかれるようにと。

まるでおまえは、絶えず自分にこう言ってきかせる必要があるみたいだ、「俺がこれをこのように欲したからこそこうなのだ、俺はこれをこのように欲したのだ、さもなければ俺は死んでいる」と。

ときとして、幾晩も夜のあいだじゅう、横巾の狭い長椅子の上になかば身体を伸ばしながら、屋根裏の窓ごしに差し込んでくる蒼白く拡がる明かり、おまえの煙草の赤味をおびた中心によってだけ、ほぼ定期的にその度合が高まる明かり以外に何もないなかで、おまえは隣室の男が行ったり来たりする音に耳を傾ける。おまえたち二人の部屋を分け隔つ仕切はたいそう薄くて、ほとんど彼の呼吸まで聞こえるし、布靴で歩きまわるときにもまたその音が聞こえる。おまえはよく、彼の歩き振り、顔、手、していること、年令、考えていることなどを想像しようとする。おまえは彼について何も知らない、おそらく彼を見たことさえないのだ、せいぜい、ある日階段ですれ違い、壁ぎわにぴったりと背を寄せて彼をやりすごしたことがあるだけだが、そのときにそれが隣の男だったとは知らなかったし、確かめることもできなかった。それに、おまえは彼の姿を見ようともしない、水飲場の蛇口でやかんに水をくむために彼が踊り場へ出てくるのを耳にしても、おまえはドアを細目にあけて見ることもなく、むしろ耳を傾け、勝手に彼をこしらえあげる方を好む。おまえが知っているのは、ただ、彼の部屋はおまえの部屋よりもずっと広いということだ、というのも彼は、窓に、ベッドに、ドアに、洋服だんすに達するため、部屋のなかで身体を移動させることができるし、移動させねばならないからで、それにたいしておまえは、部屋の中央から、長椅子のほとんどどこの位置にいても、両足を揃えたまま、窓でも、ドアでも、小型洗面台でも、部屋の隅の衣装棚でも、桃色のプラスチック製洗面器でも、棚でも、どんな点であろうと両手を届かせることができるからだ。

やや嗄れた咳、喉のがらがら、引きずるような足どり、そこから判断すると、彼は年寄りに違いない、といって彼の孤独にしても――というのも、おまえと同じように、彼は部屋に人を迎えるということがまったくないからで、おまえの知るかぎり建物のこの一番上の階を占めているのはおまえたち二人だけだが、まるでこの階はしばらく前から、かつてはここに近寄ろうという気になったかもしれない人びとの安全を脅かす場所となっているかのようだ――いつも決まった時間の使い方にしても、歳のせいにする必要はさらさらにない。この第二の点は、彼が、おまえにまたいくぶん似ていて、慣習の人間であること、だがその場合にもおそらくおまえよりは落ち着きをいくぶん多く備えていることを示すものであろう。彼は毎日、日曜日さえも、昼近くに部屋を出て、日暮れになると規則正しく戻ってくる、まるで、金になろうとなるまいと、彼の仕事は太陽の光に則って定められ、時刻しか考慮に入れていないかのごとくだ。クリスマスまでは、毎日もう少し早い時間に帰ってきたが、今では、毎日もう少し遅くなってから帰ってくる。

彼は行商人だとおまえは思っている、雨傘の下にネクタイを並べるネクタイ売り、あるいはむしろ、魚の目、しみ、いぼ、静脈瘤などを取る、なにか奇蹟的な薬品の実演販売人、あるいはさらに考えられるのは、金属製折りたたみ式四つ足の上にスーツケースを乗せて台にし、櫛、ライター、鑢《やすり》、サングラス、保護ケース、キーホールダーなどを、中央大通り《グラン・ブルヴァール》の物見高い通行人に売っているしがない小間物商人だ。この想定はおもに、部屋にいるときの彼の主たる活動が、朝も夜も、引き出しを開けるか閉めるか、あるいは開けたり閉めたりすることにあるという事実によっている、まるで彼のところには厖大な量の品物があって、それを毎朝出かける前に取り出し、毎晩一日の終りに整理しているとでもいった具合なのだ。

おそらく彼は開いたスーツケースを必要としているのだろう、書きものをするとか、夕食をするとかのため、それをナイトテーブルとして使っているのかもしれない。おまえは彼に、いくぶん儀式ばった、いくぶん滑稽な特徴をまとわせる。スーツケースの上に、昔のお宝でまだ残っている刺繍入りのテーブルクロスとか、安手のろうそくを何本か立てたみすぼらしい燭台とか、たぶん売り物にしているのと同じ食器セット、すなわち、コップ一つ、桃色のプラスチック製の皿一枚、それにアルミ製の一揃いの食卓用具からなっている食器セットとかを並べているのだ、食卓用具一式はお互いに嵌め込まれていて、スプーンはフォークの、フォークはナイフの、それぞれ凹んだ部分に押し込まれ、三つの品はカフスボタンの形をしたリベットでぴったり留められている、リベットはスプーンに取り付けられていてフォークとナイフにまたがり、そこに皮のバンドがついている。要するに、おまえの精神の奇妙な混沌から、まるでこのスーツケースが、といってその存在すら保証されていないわけだが、昼は小間物商人の商品台になり、夜はピクニック用のスーツケースに同時になりうるとでもいった具合なのだ。だが、隣の男が部屋で夕食をするということさえ確かなわけではなく、彼の好物であるかもしれないもつとか腎臓とかがじゅうじゅう焼ける音をおまえは聞いたこともないし、その匂いを嗅いだこともない。いくらか確実におまえが知っているのは、彼が踊り場の水飲場にやかんの水を扱みに行く（というのも彼の部屋はおまえの部屋よりも大きいとはいえ水道がついていないので）ということと、そのやかんを焜炉《こんろ》のうえに置くということぐらいのものだ、その焜炉の使い方はおまえにはわからないが、やかんがしゅうしゅうと音を立てるまでの、つまり水が沸騰する時間から判断すると、おそらくかなり古い型のものだろう。

おまえは聞き耳を立て、耳をそば立て、壁の仕切に耳をあてるのだが、結局のところほとんど何ひとつわからない。おまえの知覚の鋭さが増せば増すほど、おまえのあれこれの解釈の確実性は減っていくらしい。おそらく彼は、絶えず引き出しを開けたり閉めたりしているのだ、だがそれとても証明されたわけではなく、たとえば、おまえの知らない目的で、あるいはただ単におまえを欺くためにだけ、彼が二枚の板をこすり合わせているとか、あるいはまた、ひとつないし幾つかの引き出しを実際に開けたり閉めたりしているのだが、それにはなんの意味もない、つまり、そこに何かを入れたりそこから何かを出したりすることはなく、ただ音を立てるためにだけ、ないしは、引き出しが開いたり閉まったりするのが好きだという理由でそうしている、ということも十分ありうるのだ。おそらく彼は毎日昼近くに外に出る、だがおまえは必ずしもそこにいてそれを確かめているわけではない、同様に、ときとしておまえも夕暮れどき、彼が戻ってくる前に外に出る。もしかすると彼は外に出るふりをして、階段を数段降りてからまたそっと昇り直すので、おまえの努力にもかかわらず彼の存在がもうおまえには感じられなくなる、そんな手さえ心得ているかもしれないのだ。おそらく彼は踊り場で水を汲む、おそらく水が沸騰してやかんがしゅうしゅう音を立てている、だがもしかしたら彼が口笛をひゅうひゅう吹いているのかもしれないのだ、どうしてそれを知るすべがあろう？

とはいうものの、ときとして、彼の生活がおまえの一部となり、彼の立てる物音がおまえのものになるときがある、なぜならおまえはその物音に耳を傾け、待ち受けているからだ、なぜならその音は、水滴やサン・ロック教会の鐘や街路の騒音と同じように、おまえの生を支えているからだ。おまえの思い違いだろうが、解釈だろうが、創作だろうが、そんなことはどうでもよい。彼が折り畳みのスーツケースに櫛とライターとサングラスとを並べている小間物商人であるためには、おまえがそうと決めてしまうだけでよい。彼は、おまえによってあてがわれているみすぼらしい生を生きている、おまえの知覚の領域の外に出るやいなや姿を消し、眠りがおまえをとらえるとすぐに死んでしまい、残りの時間はやかんに水を扱み、咳をし、足を引きずり、引き出しを開けたり閉めたりしている、そのように運命づけられている。

だがもしかしたら、そうと知らずに、おまえもまた彼の一部になって、無言の共生を営んでいるのではないのだろうか？　もしかしたら彼もおまえと同じ状態にいるのかもしれぬ、おまえは彼の咳、喉のゼーゼー、引き出しの物音などを窺っているが、もしかしたら、おまえが棚の上に置く茶碗の音、拡げては畳み、畳んでは拡げてみる新聞紙のしわになる音、横巾の狭い長崎子の上に並べるトランプのさらさらと滑る音、水を流す音、呼吸の音、これらすべては、水滴、鐘楼、街路の騒音、流れる時間ととどまる生が作り出す厚い織物などとともに、彼にとって存在しているのかもしれない。もしかしたら、彼は必死になっておまえのことを知ろうと努めているのかもしれない、ひとつの気配を感じるたびに、もしかしたら、彼ははてしなくそれを解釈し続けているのかもしれない、おまえはだれだ、おまえはなにをしているのだ、新聞をかさこそしわにしているおまえは、何日も外に出ず家に籠もっている、かと思えば家に帰らずに何日も外を出歩いているおまえはだれだ、と。

しかし、おまえが立てる音はほんのかすかなのだ！　彼に見破りうることはせいぜいおまえがいるということぐらいで、それに彼がそれを気にするとすれば、それは怖いからだ、おまえが不安を与えているからだ。彼は決して十分に備えのあるとはいえない穴のなかにこもっているあの年老いた穴熊に似ている、ほど遠からぬところに音を聞きつけるのだが、その音がどこからくるのかを確かめることは決してできない、その音は高まることは決してないのだが、弱まることも決してなく、止むことも決してないのだ。彼は身を護ろうと努めている、おまえにむかってぎごちなく罠を仕掛け、自分が強力であり、おまえを恐れたりせず、震えてなどはいないと思わせようとしている。だが彼はなんと年老いていることか！　彼にはもう、持物を何度も数え直し、その隠し場をたえず換える、その力しか残ってはいないのだ。

おまえが彼を魅惑していて、彼が真底怖がっていると、ときとして思ってみることは、愚か者よ、おまえには不愉快なことではない。できるだけ長い間おまえは音を立てないでじっとしているように努めてみる。あるいは、おまえたち二人の部屋を隔てている仕切りの上部を、木の棒片や鑢《やすり》や鉛筆で引っ掻き、かすかな、神経を苛立たせる音を立ててみる。

あるいは逆に、忽然と共感を覚えて、好意あるメッセージを彼に送ってやりたい気になる、ノック一つはA、二つはB……といった具合に、仕切りを拳でノックしながら。

いまおまえにはもう隠れ場所がない。おまえは怖い、おまえは待っている、すべてのこと、雨、時間、車の流れ、生、人間たち、世界、こういったすべてのことが停止するのを、すべてのもの、壁、塔、床、天井、こういったすべてのものが崩れ落ちるのを。男と女、老人と子供、犬、馬、鳥、一人ひとり、一匹いっぴきが、中風、ペスト、癲癇《てんかん》にかかってくたばるのを。大理石がこなごなに崩れるのを、樹々が千々に砕けるのを、家々が音もなく倒れ落ちるのを、豪雨が百年を経た衣裳棚の絵具を溶かし、楔《くさび》をはずさせ、布地を引き裂き、新聞のインクを溶かし流すのを。炎を出さぬ火が階段の一段一段を嘗め尽くすのを。道路がそのまんまんなかから崩れ落ち、下水渠のぱっくりと口を開けた迷路をさらけ出すのを。錆と霧とが街を覆いつくすのを。

ときとしておまえは、眠りはおまえに取り付いている緩慢な死だ、おだやかであると同時におそるべき麻痺だ、幸せな壊死、といった夢を見る。寒気が両脚を伝い、両腕を伝って上に昇ってくる、ゆっくりと昇ってきて、おまえを痺《しび》れさせ、挫《くじ》けさせる。おまえの足の親指は遠くにある山だ、脚は川、頬は枕だ、おまえはそっくり手の親指のなかに住まっている、おまえは溶ける、流れる、砂のように、水銀のように。おまえはもう一粒の砂にすぎなくなる、縮んだ一寸法師、筋肉もなく骨もなく、脚もなく腕もなく、首もなく、手足が一つになった不安定な小さなもの、そのおまえを呑み込む巨大な唇。

おまえは限りなく大きくなる、破裂する、危裂が入り、身動きできずにおまえは死ぬ。おまえの膝はごつごつした石だ、脛骨は鋼鉄の棒、腹は流氷だ、性器は蒸し竈《かまど》、心臓は鍋。おまえの頭は霧が一杯に這う荒野だ、薄いヴェール、厚いナプキン、重いマント……

おまえの眉は吊りあがり、引きつる。額にはしわがよっているかもしれぬ、おまえの眼はおまえを凝視する。口が開かれ、また閉じられる。

おまえは鏡のなかの自分の顔を念入りに眺める、そして仔細に点検をしてみるが、それでもおまえ自身の知っているおまえよりも鏡のなかの顔にずっと満足を覚える（たしかにこれは夜の明かりのもとのことで、しかも光源がおまえの背後にあるので、耳のふちを覆っているうぶ毛だけが実際には明かりを受けているわけだが)。調和のとれた造り、輪郭の整ったとさえ言える端正な顔だ。髪の毛と眉と眼窩の黒は慎重に構えている顔の塊から生きもののように躍《おど》り出ている。まなざしはすこしもすさんでいない、そのような気配は何もないが、かといって幼稚なわけでもなく、むしろ信じがたいほどエネルギーにあふれるようになるだろう、ただひたすら観察者的になるということがなければ、というのもまさしくおまえは自分を観察している真最中で、自分に恐怖を与えたいと思っているからだが。

おまえはひび割れた鏡のなかにいかなる秘密を探っているのか？　おまえの顔のなかにいかなる真理を？　いくぶんふくれ気味の、すでにむくんでいるとさえ言えるこの丸い顔、切れ目なくつながっているこの二つの眉、唇の上側にあるこの小さな傷痕、やや飛び出しているこの二つの眼、黄ばんだ歯石をいっぱいにつけて不規則に並んでいるこの歯、眼の下、鼻の上、こめかみの下にあるこの多種多様なポリープ状のもの——吹出物、あざ、黒にきび、いぼ、面皰《コメド》、数本毛を生やしている黒ずんだ、あるいは褐色がかったほくろ。顔を近づけると、皮膚におどろくほどすじがつき、しわがより、荒れているのが発見できる。おまえは毛孔をひとつひとつ、脹らみをひとつひとつ見ることができる。小鼻を、唇のひびを、髪の毛のつけねを、眼の白い部分に赤すじをつけている根の分かれた小静脈を、おまえは眺め、吟味する。

ときとして、おまえは牝牛に似てくる。おまえの飛び出している眼は出会うものにたいしてなんの関心も示さなくなる。おまえは鏡のなかに自分の顔を見るが、それによってどんな感情も、単なる習慣だけからでも生まれうる感情さえ呼び起こされない。どちらかといえば牛の映像、おまえはそれをおまえの顔のもっとも確かなイメージとして認めることを経験から学んだわけだが、その映像はおまえにたいして、なんの共感も、なんの認知《ルコネサンス》のしるしも示していないようだ、まるで、まさにおまえをおまえと認《ルコネートル》めない、というかむしろ、おまえをおまえと認めながらも、すこしも驚きを表わさぬよう心がけているといった具合なのだ。その映像がおまえを恨みに思っているとも、何か他のことを考えているとさえも、おまえは本気に考えることができない。ただ、牝牛のように、石のように、あるいは水のように、それはおまえに語るべきことを特に何も持ち合わせてはいないのだ。おまえが眺めるので、礼儀上むこうもおまえを眺めているだけのことなのだ。

おまえは眼の隅を引っぱり、中国人のような顔付をする、眼を見開いたまま顰めっ面をしてみる。口のひんまがっためっかち、上唇や下唇の下側に舌を差し込んで頬を凹ませたり脹らませたりする猿だ、だが中国人であろうと顰めっ面であろうと、ひび割れのした鏡のなかの牝牛はされるままになり、反応を示さない。その従順さはあまりにも自明のことなので、最初はおまえを安心させるがついで不安を覚えさせるくらいだ、というのも、ついにはその従順さがほとんど気詰まりになってくるからだ。おまえは人なり猫なりの前でなら眼を伏せるかもしれぬ、なぜなら人も猫もおまえを眺めるし、彼らのまなざしはひとつの武器なのだから（それに、まなざしの示す好意なるものはもっとも危険な武器、おまえの武装を解除する武器でさえあるかもしれない、憎しみならばそうはいかないのに）、だが、木の前とか牝牛の前とか鏡に映る自分の像の前とかで眼を伏せること、これ以上にぶしつけなことは何もない。

かつてニューヨークで、大西洋の最後の波が打ち寄せる防波堤から数百メートルのところで、一人の男が死んでいった。彼はある法律家のところで働く代書人だった。衝立のかげに身を隠して、彼は机の前にじっと腰をおろしたまま、身じろぎひとつしないのだった。ショウガ入りのビスケットで彼は食事をしていた。窓ごしに彼は黒ずんだレンガの壁、手をふれることさえできたほどすぐ近くにある壁を見つめるのだった。文章を読み直せとか、郵便局に行けとか、どんな用事を頼んでも無駄だった。脅かしも願いも、彼にたいしては力を持たなかった。ついに、彼は盲同然になった。彼を追い立てねばならなくなった。彼はその建物の階段のところに居座った。そこで彼を閉じ込めたところ、彼は牢獄の中庭に座り込み、食物をとることを拒んだ（メルヴィル『代書人バートルビー』解説参照）。

おまえは死ななかった、といってあの男より賢いわけではない。

おまえは焼きつける太陽に目をさらさなかった（ル・クレジオ『大洪水』）。

老いぼれの二人の二流役者たちはおまえを探しにこなかった、おまえにぴったりと張り付いて、その一人をぶち砕けば他の二人も滅ぼさずにはおかないというような緊密な一体を形作ることをしなかった*。

憐みの火山*はおまえに心を留めなかった。

なんと素晴らしい発明であろうか、人間とは！　人間は手に息を吹きかけて手を温めることもできれば、スープを吹いてさますこともできる。人間はひどく嫌悪感をもよおすものでないかぎり、親指と人差指でどんな鞘翅《しょうし》目の虫でもそっとつまむことができる。人間は植物を栽培することができるし、そこから自分の食物を、衣類を、いくつかの薬品を、自分の不快な匂いを消すのに役立つ香水をさえ取り出すことができる。人間は金属を鋳造し、鍋を作ることができる（これは猿にはできない芸当だ）。

おまえの偉大さを、おまえの苦悩をほめたたえるなんと多くの模範的な物語があることか！　なんと多くのロビンソン（デフォー『ロビンソン＝クルーソー』）が、ロカンタン（サルトル『嘔吐』の主人公）が、ムルソー（カミュ『異邦人』の主人公）が、レーヴァキューン（ゲーテ『ファウスト』の主人公）がいることか！　優等証とご褒美カード（四六ページの註参照）、嘘八百だ。違う。おまえは何ひとつ学びはしなかったのだから、証明できるわけがない。違う、信じてはならぬ、殉教者、英雄、冒険家を信じてはならぬ！

ただ愚かなものだけが、〈人間〉について、〈動物〉について、〈混沌《カオス》〉について、冗談ぬきでいぜんとして語っている。虫けらのなかのもっともつまらぬ虫けらでもエネルギーを傾けて生き続けている、〈会社〉の課する強制的な時刻表の犠牲者でありながら、おまけにこの〈会社〉に所属していることを誇りに思っていたどこやらの飛行士が（サン・テグジュペリにたいする皮肉）、地球の最高峰どころか一つの山を越えるのに必要としたエネルギーにくらべて、まさるとは言わぬにしてもこれに劣らぬ同じエネルギーで。

迷路のなかに置かれた鼠でも、まぎれもなく立派な行為をすることはできる。鼠が食物を得ようとして踏むペダルをピアノの鍵盤やオルガンの譜面台にうまく結びつけて、この動物に「イエスはつねにわが喜び」（バッハのコラールの題名）をきちんと演奏してもらうことはできるし、しかもこの動物がこの仕事に最高の喜びを覚えていると考えることを妨げるものは何ひとつない。

だがおまえには、あわれなダイダロス*には迷路は存在しなかった。にせの囚われ人であるおまえのドアは開いていた。守衛はひとりとしてドアの前に立っていなかった、廊下の端に守衛隊長の姿はなく、庭の小門に〈大審問官〉の姿はなかったのだ。

底に到達すること、これにはどんな意味もない。絶望の底にしても、憎悪の、アルコール中毒による頽廃の、傲慢な孤独の底にしても。力強く足を蹴りながら水面に昇ってくるダイヴィング選手のあまりにも鮮かすぎるイメージがそこにあって、もし必要ならおまえに思い出させる、下に落ちた男はありとあらゆる敬意を得る権利があるということを。必要なときにおまえに思い出させる。神の慈悲は、神によって糧を与えられている天国の住民たちと同じように、この男のうえにも及ぶということを。罪人はダイヴィング選手と同じく許されるべく定められているというわけだ。

だが、漂流するいかなるレーチェル号も、奇蹟的に浮いていたピークォド号の残骸におまえを引取りには来なかった、*今度は別の孤児であるおまえが証言できるようにはしてくれなかった。*

おまえの母親はおまえの衣服を繕うということがなかった（ペレックの母親は強制収容所に入れられた）。おまえは繰り返し繰り返し、経験の現実を探求したり、おまえの魂の鍛冶場のなかでおまえの種族の未だ未創造の意識をこしらえたりすることはない。

いかなる古代の先祖も、いかなる古代の職人も、今日も明日も、おまえを助けることは決してない。*

おまえは何ひとつ学ばなかった、孤独は何ひとつ教えず、無関心は何ひとつ教えないということを除いては。孤独、無関心、それは囮《おとり》だった、罠にかかった魅惑的な幻想だった。おまえはひとりきりだった、そしてそれだけのことだったのだが、おまえは自分の身を護りたいと望んだ、世界とおまえとのあいだの橋が永久に断ち切られるようにと。だが、おまえはごくつまらないものであるのに、世界とは実に大げさな言葉だ。おまえはただ、一つの大都会のなかを彷徨い歩き、建物正面、ショーウインドー、公園、河岸に沿って、何キロもの道をさまよったにすぎないのに。

無関心はむだだ。おまえは欲することもできるし欲しないこともできるが、どうでもいい！　ピンボールのゲームをしようがすまいが、いずれにせよ誰かが二十サンチーム貨幣を台の割れ目に滑り込ませるだろう。毎日同じ食事をすることでおまえは自分は決定的な行動をしているのだと思うことはできる。だがおまえのこうした拒否はむだだ。おまえの選択放棄には何の意味もない。おまえの無気力は怒りと同じくらいむなしい。

おまえは無関心なままふらつき、並木道に沿って歩き、街なかを漂い、人群のあとに付き従い、ものの影と裂け目との戯れを読み解けると思っている。

だが何ひとつ起らなかった。いかなる奇蹟も、いかなる爆発も。

つぎつぎと爪繰られていく一日一日は、おまえの忍耐力を腐蝕させ、おまえの笑うべき努力の偽善を暴き出しただけだ。おそらく時間が完全に停止することが必要だったのだろうが、時間を敵にして闘うほど強い人間は誰もいない。おまえはいんちきをし、数刻、数秒を稼ぐことはできた。だがサン・ロック教会の鐘の音は、ピラミッド通りとサン・トノレ通りの交差点の信号の交替は、踊り場にある水飲場の蛇口にできる水滴の予想しうる落下は、時を、分を、日を、季節を測ることを一度として止めなかった。おまえはそのことを忘れるふりをすることはできたし、夜は歩き昼は眠るということはできた。だがおまえは一度として完全に時を欺いたことはなかったのだ。

長いあいだ、おまえは避難所を作っては壊してきた、秩序とか無為、漂流とか眠り、夜の巡回、何をすることもない中性の時間、闇と光からの逃走などだ。おそらくおまえはこれからも長いあいだ、自分に嘘をつき、自分を愚鈍にし、自分を閉じこめ続けていくことはできるだろう。だがゲームは終りだ、盛大な祭は、宙に浮いた人生の偽りの陶酔は。世界は微動だにしなかったし、おまえは変わらなかった。無関心《アンディフエランス》はおまえを違った《ディフエラン》人間にしなかった。

おまえは死ななかった。おまえは気違いにならなかった。

災厄というものは存在しない、それは他の場所にある。どんなちっぽけな災難でもおまえを救うのにたぶん十分だっただろうに。それによっておまえはいっさいを失っただろうが、護るべきなにがしかのものを持つことになっただろう、説得しようとして、感動させようとして、語るべきなにかしらの言葉を持つことになっただろう。ところがおまえは病気でさえもない。おまえの昼もおまえの夜も危険にさらされてはいない。おまえの目は見え、手は震えていない、脈搏は規則正しく、心臓は脈打っている。もしおまえが醜ければ、醜さがたぶん魅力となるだろうが、おまえは醜くさえもなく、せむしでもなく、どもりでもなく、かたわでもなく、いざりでもなく、びっこでさえもないのだ。

いかなる呪いもおまえの肩のうえにのしかかってはいない。おまえはたぶん化物だが、〈冥府〉の化物ではない。のたうちまわる必要もなければ、泣きわめく必要もない。いかなる試練もおまえを待ち受けてはいない、いかなるシシュフォスの大石*もない、おまえにすぐに拒否させようと、いかなる盃も差し出されたことはない、いかなる鳥もおまえの眼玉に恨みをもってはいない、いかなる禿鷹*も、朝、昼、夜、おまえの肝臓を食いにくるという無茶な日課を負わされてはいない、おまえは大声で許しを乞い、憐みを乞い求めて、裁判官の足もとに這いつくばる必要はない。おまえを罰するものは誰もいないし、おまえは誤ちをおかしてはいない。おまえを眺め、すぐにぞっとしておまえから眼をそむけるものは誰もいないのだ。

時は、いっさいのものを注視し、おまえの意に反して解決の道を示した。
時は、答えを知っていて、流れ続けた。

そのようなある日、少し後か、少し前か、すべてが再び始まる、すべてが始まる、すべてが続いていく。

夢見る人間のように話すのを止めよ。

見よ！　彼らを見よ。彼らは数限りなくそこにいる、もの言わぬ歩哨として、身動きせぬ〈地球人〉として、河岸に沿って、土手に沿って、クリシー広場の雨で水びたしになった歩道に沿って、大洋の夢想にすっぽりつつまれて、じっと立っている、波しぶき、潮の寄せ、海鳥のしゃがれた呼び声を待ちながら。

違《ノン》う。おまえはもう世界の無名の支配者ではない、歴史には左右されなかった者、雨が降るのを感じなかった者、夜が来るのに気付かなかった者ではない。おまえはもう近づき難い男、澄みきった者、透明な者ではない。おまえは怖い、おまえは待つ。おまえはクリシー広場*で、雨が止むのを待つ。

訳註

＊ 段落冒頭の数字は、本文のページ数を示す。

17　**女中用のおまえの部屋**　六階か七階の屋根裏部屋が普通女中部屋にあてられていた。一応独立しているが、天井が低く窓が狭い。現在ではしばしば安く賃貸しされている。

29　**ガフィオの辞書**　フェリックス・ガフィオ（一八七〇―一九三七）の作った挿絵入り羅仏辞典。一九三四年刊行。一七〇〇ページ。文字通り重い辞書だが、ここでは学生時代のラテン語の宿題を想い起こさせるがゆえに「重い（重苦しい）」のか。

49　**ピストルをぶっ放してみても**　「もっともシュールレアリスム的な行為は街頭で通りがかりの人にピストルをぶっぱなすことだ」というブルトンの言を念頭においているか。

49　**エトナの山**　紀元前五世紀のギリシアの哲学者のエンペドクレスはシチリア島のエトナ山の火山口

に飛び込んで自殺したが、そのあとにサンダルがきちんと揃えられていたという伝説がある。

50 **世界の第七番目の不思議を壊す**　古代の七不思議の一つとされるエフェソス（現在トルコ共和国）のアルテミス神殿の破壊のことであろう。エロストラート（ヘラストラトス）が火をかけて破壊したとされる（紀元前三五六年）。

63 **シャンポリオン通りの七つの映画館**　シャンポリオン通りはパリの学生街カルチエ・ラタンの一画にあり、安い映画館がひしめいている。学生にうける映画が多く、しかも立ち見を許さぬため、各回ごとに行列ができる。

70 **ジョフロワ・サン゠チレール高校**　ペレックはパリの南西約五〇キロのエタンプの町にあるこの高校出身。他の固有名詞についてもなんらかのウインクかもしれない。

70 **氷河層に盛られた海の悦楽　黒真珠ぞえペリゴールのブロック　湖の銀色に輝く美女**　いずれもアントレ（主菜の前に出る料理）の料理につけたそのレストラン独自の名前と考えられる。「氷河層に盛られた海の悦楽」は氷を敷きつめた上に生牡蠣を盛ったもの。「黒真珠ぞえペリゴールのブロック」はフランス松露をそえたフォアグラ料理、ペリゴールは豚の産地として有名。「湖の銀色に輝く美女」はおそらく虹鱒であろう。いずれもきわめて豪勢な料理である。

72 **「その日その日」**　『ル・モンド』紙一面の時評コラム。署名入り。一九四六年から九一年まで続いた。近年それらをすべてまとめた本が刊行されている。

73 **BVPとOJD**　BVPは Bureau de Vérification de la Publicité（広告審査機構）の略。広告欄からいかがわしい広告を排除するため広告の検査を引き受けている事務所。OJDは Office de Justification

de la Diffusion（新聞雑誌発行公査機関）の略。新聞雑誌の記事の著作権などを監査する事務所。『ル・モンド』紙のほとんど気のつかぬような片隅にその検印が押してある。

76　**「プチトゥ・スールス」や「ビエール」や「シェ・ロジェ・ラ・フリット」**　それぞれ、サン・ジェルマン大通り、シモン・ボリヴァール並木道、モンパルナス大通りにかつてあった安レストラン。

97　**バガテルのバラ**　パリの東、ブーローニュの森のなかに十八世紀末に整備されたバガテルの城館がある。当時は貴族たちによって遊びの館として用いられた。広大なバラ園があることで知られる。

97　**コンコルド広場**　ジャック・プレヴェールに「美しい季節」と題された短い詩があり、その最後に「コンコルド広場　八月十五日正午」という一句がおかれている。

97　**ポンプ通り、ソーセ通り、ボーヴォ広場、オルフェーヴル河岸**　ポンプ通りには、ドイツの占領下、ゲシュタポ（国家秘密警察）が置かれ、ユダヤ人狩りやレジスタンス派の逮捕、虐殺に関与していた。ソーセ通りには警視庁本部が、ボーヴォ広場には内務大臣邸が、オルフェーヴル河岸には裁判所、検察庁などがそれぞれある。

98　**シュールレアリストたちのはるかな思い出**　シュールレアリストたちは、場末の通りや人気のない公園など、パリの町々に〈驚異〉や〈神秘〉を求めて散策した。ブルトンの『ナジャ』、アラゴンの『パリの農夫』はその発見の物語である。

105　**肖像画**　十五世紀シチリア島出身のアントネッロ・ダ・メッシナの『ある男の肖像』通称『傭兵隊長』の名でしられる。ペレックは若い頃からこの絵が気になっていたと見え、一九六〇年にすでに、この絵の偽物を制作しようとする男を主人公とする小説『傭兵隊長』を書いている。この小説は出版社から拒否され、未発表のままの原稿が失われていたと思われていたが、ペレックの死後発見され、二〇一三年になってやっと刊行された。

122 **ヴァラスの泉水**　英国の美術品収集家、慈善事業家リチャード・ウォーレス（一八一八―九〇）によってパリ市内に五十の公共水飲み場が寄付された。「ヴァラス」はウォーレスのフランス語読み。

131 **「苦しむ人々よ、神の御許へ来られよ」**　ヴィクトル・ユゴーの詩『十字架』の一句。

131 **「イエズスは言った、目の見えぬ者よ、目の見える者のことを思え」**　一九二四年から二五年にかけてシュールレアリストたちは沢山のちらし《パピヨン》を制作して活動の宣伝をした。そのちらしの一つに書かれた言葉。

134 **いぬどものさばるオスマン、マジャンタの大通り**　いずれも、デモ行進のさいに選ばれる大通りで、警官にかためられる。

134 **シャロンヌ**　一九六二年二月八日、アルジェリア戦争下のパリで、ＯＡＳ（秘密軍事組織）その他右翼勢力のテロ行為が頻発している時期に、労組が中心となって反ファシズムのデモが組織されたが、官憲によって弾圧され、地下鉄のシャロンヌ駅付近で九名の労働者が殺された（現在でも毎年二月八日九人の死者の慰霊のデモが行われている）。そこから、〈シャロンヌ〉という言葉は〈虐殺〉の記憶と深く結びついている。

157 **緊密な一体を（……）**　カフカ『審判』の最終章で「老いぼれの下っ端役者」二人がＫを連れ出しにきて、ぴったりとＫに身を寄せている。

157 **憐れみの火山**　マルカム・ラウリー『火山の下で』。『物の時代』のエピグラフはこの小説から取られている。

159　**ダイダロス**　ギリシア神話の中の人物。クレタ島に迷宮を作ったが、ミノス王によってその中に幽閉された。

160　**おまえを引取りには来なかった**　この箇所はメルヴィルの『白鯨』に関係している。『白鯨』はエイハブ船長が白鯨モビー・ディックを仕留めようとして世界の海をかけめぐり、最後に仕留められずに逆に海に引きずりこまれて破れる物語で、語り手は難破したピークォド号のただ一人の生き残りのイシュメール。小説は次の言葉で閉じられている。「二日目、一艘の帆船が近づき、さらに近づき、ついにわたしを拾いあげた。船はそのあたりをうろうろと遊弋していたレーチェル号で、すなわち見失った児らを求めて往きつ戻りつした末に、他の孤児をここに見いだしたのであった」（田中西二郎訳）。レーチェル号が「そのあたりをうろうろしていた」のはこの船の船長の海に落ちた二人の息子を探していたからである。そこで「他の孤児」となり、ペレックもこれを受けて「別の孤児」と使っている。

160　**今度は別の孤児であるおまえが（……）**　「レーチェル」は英語読みだが『創世記』のなかでは「ラケル」、アブラハムの息子イサクの息子ヤコブの妻である。他方「イシュメール」は『創世記』の中では「イシマエル」、アブラハムと奴隷女ハガルとの息子である。アブラハムの正妻にイサクが生まれてからは母子ともに荒野に追いやられた。『白鯨』の冒頭でイシュメールは自分のことを「風来坊」と自己紹介をしているが、故郷を追われたノマドのイメージが強い。イスラム教徒の先祖ともみなされている。メルヴィルがレーチェル号にイシュメールを救わせたのは、おそらく、ラケルの息子が殺されようとしたときにイシマエルの仲間によって救われたという故事をふまえその恩返しという意味をこめているのであろう。

161　**いかなる古代の先祖も（……）**　ペレックの母親はアウシュヴィッツで殺されているが、このあたりはペレックが自分のルーツであるユダヤ民族の歴史にたいする態度表明として読むことができる。

165　**シシュフォスの大石**　ギリシア神話でゼウスの怒りにふれ、地獄に落とされて大石を山頂まで押しあげる罰を受ける。大石はあと一息のところで必ず転げ落ちた。

165　**いかなる禿鷹も**　プロメテウスは毎日禿鷹に肝臓をついばまれるという刑をゼウスから受けた。

167　**クリシー広場**　パリの北東にある広場。原語は Place Clichy。正式には Place de Clichy だが、二十世紀の初頭ぐらいまでは Place Clichy が使われていたようだ。なぜここでクリシー広場が出てくるのかは謎だが、セリーヌの『夜の果てへの旅』の舞台の一つであったことから、セリーヌの暗示であると見る研究者もいる。なおセリーヌも Place Clichy と書いている。

『事物』から『眠る男』への私的覚書き

ジョルジュ・ペレックという名がはっきりと私の記憶のなかに定着したのは、小説『事物』の著者としてである。それ以前にも、ときどき買い求めていた「パルチザン」という雑誌のなかで何回かその名を見かけてはいたが、いずれも文学評論の筆者としてであり、この雑誌に向けていた私の関心はといえばもっぱら第三世界にかんする生々しい情報であったところから、彼の文章に目をとおすことはなく、したがってその名もうすうすとしか覚えていなかったのである。一九六五年、パリに学んでいた当時のことであった。

その年の秋、『事物』は文学紙上でかなり評判になった。〈事物《もの》〉にたいする社会学的なヴィジョンとか、主人公の男女のカップルを三人称複数で描きつくし最後まで乱れを見せぬ文体とか、俗語の活用とイロニーとを結びつけた独特な語り口とかが批評家の注目をあび、早くからその年の四大文学賞の候補としてあげられていた。結果は新人賞に相当するルノード賞（その二年前はル・クレジオの『調書』）が与えられた。

だが、それだけだったならば、この小説を読む機会が当時私にあったかどうかは疑わしい。もともと、その年の問題作は欠かさずに読むといった勤勉な小説読みではないし、帰国を間近にひかえて残る仕事の整理に追われていた時期だけになおさらそうであった。ところが、ルノード賞をきっかけに、紹介記事やインタヴューを通じてペレックの素顔や形成がスケッチされるにつれ、この作家にたいする関心が次第に煽られていくことになった。その第一のモメントは、ペレックがアルジェリア戦争の世代、すなわちサルトルがあの『アデン・アラビア』への序文のなかで語っている〈怒れる若者たち〉の世代に属する（一つの世代に属するとは、その世代がおのれに課した中心問題にかかわるということにほかならぬ）ということであった。アルジェリア戦争に発して第三世界の諸問題を系統的かつ精力的に追跡し、当時としてはもっとも戦闘的な活動家の巣であった「パルチザン」誌への寄稿は偶然ではなかったのである。ペレックの両親がユダヤ人であり、両親ともにナチに殺されていたという事実にも心を動かされた。

関心を煽られた第二のモメントは、ジャン・デュヴィニョー（社会学者。高等学校の哲学クラスでペレックを教えていた）との対話のなかで、デュヴィニョーの問いに答えた次のような発言である。

「われわれ〔の世代のものを書く人間〕は、サルトルによってこしらえられた一種の穴から脱け出しつつあると思います。〈参加《アンガジュマン》の小説〉と〈離脱《デガジュマン》の小説〉との対立というやつが、文学の地平を遮断し、長いあいだこれを塞いできたように思われる。これがみな、さまざまな型の実験〔経験〕によっていくらか取り除かれて、もう一つの姿勢が現われつつある、という段階にいまあるのです。本に道徳を盛り込む必要はもうないのです」（傍点引用者）

ここで語られている〈参加の小説〉と〈離脱の小説〉の対立——あるいは、対立をとおした相互滲透とそれゆえにより深く穿たれた溝——は、たとえば六四年暮の「クラルテ」

誌主催の討論会（『文学は何ができるか』参照）でも鋭く露呈されているのだが、それを越える〈もう一つの姿勢〉とは彼の小説のなかでどのように表現化されているのか、それをのぞいてみたい気になったのである。

『事物』は一読、私を魅した。それは、二十歳を幾つか出たばかりの一組のカップルの、こう言ってよければ、〈消費社会〉における幸福探求の、だが取りたてたエピソード一つない物語であるが、二人の男女、〈彼ら〉によって見られ、触れられ、想像され、渇望され、否認される〈事物〉の丹念な枚挙をとおして、〈工業社会〉へ移行しつつあるフランス社会の不快感がひしひしと伝わってくるのであった。

物語をかいつまんでいえば以下のとおりである。二人の主人公は、多くの〈消費社会〉の多くの学生に似て大学の心理学―社会学コースを専攻する。そしてこのコースを歩む（あるいは歩まされる）多くの学生に似て彼らは学業を中途で放棄し、多くの〈消費社会〉でにょきにょきと増殖しつつある〈資料調査所〉のたぐいで働き始める。こうして「学生であることの悲惨」〔状況主義インターナショナル・パンフレット〕を逃れた彼らはなにがしかの収入を保証され、気の利いたアパートに住まい、友人たちを招いては酒を飲み、食事をし、議論をかわし、おしゃべりにふけり、パリの街々を歩きまわっては安くてうまいレストランを探し、ノミの市では古道具をあさり、ほぼ毎晩のように映画館の暗闇にもぐりこんでエイゼンシュタインからアントニオーニまでの映画に通暁し、旅をしてはボヘミアンの生活を楽しみ、左翼の新聞を隅から隅までほじくり読み、ときとしてデモに参加しときとしてヒヨり、反ファシズム委員会に顔を出しはするがさしたる活動はせず、一言でいえばプチブルとしてだがすでに〈疾しい意識〉におかされたプチブルとして、〈消費社会〉の差し出す幸福の鏡のうちに好んで自分たちの姿を映し出してはみるが決してこの社会に完全に統合されることはなく、〈近代化〉を受け入れながらもその周辺部にとどまり、要するにエスタブリッシュメントを拒否しつつ彼らなりの幸福を探求するのである。だがその〈周辺部〉なるものは幻想にすぎない。この自由と創意と〈私〉の領域もまた〈事物〉の支配下におかれている。〈事物〉はおのれの像を無限に繁殖させながら、われわれの欲望に夢想に想像に滲透し、それらをたえず前方へ掻き立てるのだ。意識産業はそれ自体商品とは何の関係もなく、〈非物質的なもの〉しか生産しないとエンツェンスベルガーは正確に指摘したが、その〈非物質的なもの〉が、われわれと商品、われわれと〈事物〉との関係をたえず再生産し、意識産業もこの関係のうえにこそ基盤を据えているのである。

幸福の探求が〈事物〉を媒介とした幸福の像の探求にほかならず、したがって常に時間の前方へと幻想をおびきよせる囮であることを知ったとき、二人の主人公は不安と焦燥と孤独へとつき返される。そこでチュニジアへと逃走を企ててみるが、むろんそこにも〈冒険〉はない。かの地に見出すのは、一人は教師の、一人は無為の、だがともに倦怠の生活であり、同じ不安、同じ孤独なのである……

この物語の背景となっているのは一九五〇年代の後半から一九六二・三年にかけてのフランスの社会である。一面からいえばそれはアルジェリア戦争の時代であるが、同時に、近代化の強力な潮がフランス資本主義を襲い、集中化、合理化が促進され、否応なしに〈アメリカ化〉がフランス社会を侵蝕し始めた時期、戦後の経済復興をはたしえて、〈工業社会〉の〈繁栄〉へ突入していく時代である（コーン・ベンディットその他が指摘しているように、ド・ゴール政権の基盤は国内的には、この工業化の飛躍的発展に伴う国家の役割の変化、個別資本の要請と一般利益との緊張、のうちに考えることができよう）。ペレックは、あえてこの後者の側面に焦点をあわせて、この時期のこの社会を、半ばプチブル的に、半ばインテリとして、半ばアウトサイダー的に、だがおそろしく平均的に呼吸する若者たちのスケッチ、あるいは、インスタント写真の軽妙なベタ焼きを仕上げたのである。

この小説から伝えられてくるものを、私はいま、フランス社会の不快感と名づけたが、それはおそらく、私がその中で暮していた一九六四年、六五年のフランス社会の不快感をこの小説のうちに投影して読んでいたからでもあろう。

一九六四年、六五年。それはフランスの六〇年代のいわば〈谷間〉の季節であった。アルジェリア人民がみずからの手で獲ち取った独立、アルジェリア人民にとっての勝利も、フランス人としてこの解放闘争を闘った人間たちには挫折として生きられていた。アルジェリアから独立を強制されながらもド・ゴールは、フランスではその独立の意味を見事に盗み取っていたのである。アルジェリア独立の〈承認〉だけではない。中国との国交を回復し、大量の中国人留学生をむかえ入れたのもド・ゴール政権であり、その〈進歩的〉政策によって左翼はいっさいの牙を抜かれたかのごとくであった。だが国内の弾圧はきびしかった。二年半滞在した間に私が目にしえた唯一の大規模なデモは、モーリス・トレーズの葬列のデモだけであり、ときとしてフランス全学連のアクチブな部分が呼び掛けるデモは一切許可されず、それを強行して行えば、わずかに集まった百人前後の学生たちが、隊列を組む間もあらばこそ、一瞬のうちに蹴ちらされるのであった。やむをえず〈群集〉となってぞろぞろ歩きながら機を見て「ド・ゴールくたばれ！」などと叫ぶのだが、声を発するや否や直ちに逃げ隠れしないかぎり、機動隊のゴム棒に滅多打ちにされるのがおちだった。

一般の労働者、市民はむろん、大多数の学生もまた無関心であった。私の周囲には何人かの〈アルジェリア戦争の世代〉の人間がいたが、当時独特なニュアンスをこめて使われていた言葉でいえば、彼らは〈体制に回収《レキュペレ》されて〉おり、その回収された屈辱を噛みしめていたのであろうか、政治を語ることを好まなかった。マスコミが〈青年の脱政治化〉について語ったのもこの頃のことである。

だが、この無関心、この脱政治化の下には、不快感と呼びうるものが明らかによどんでいた。よどむ不快感がその捌け口を求め、しばしば〈他の場所〉と仮託されて噴出していた。『革命の中の革命』の著者が初めてキューバに渡ったのはこの頃であり、当時、おそらく無数のレジス・ドブレがいたはずである。私はまた、学生街の一角でF・ロシフの映画『マドリッドに死す』を見たときに目撃した光景を忘れることができない。それはスペイン戦争の記録写真を人民戦線の側に立って淡々と再構成した映画であったが、〈終り〉の文字がスクリーンに現われるやいなや、館内は拍手と歓声によって、名状しがたい昂奮につつまれたのである。スペイン共和国・人民戦線万歳を叫ぶもの、フランコの人殺しを連呼するもの、そのフランコの名にド・ゴールの名を付け加えるもの……。おそらくは、彼らの、この肉体の次元における反応のうちに、ヨーロッパにおける〈スペイン〉――それは、私（たち）にとっては、いかに心をゆさぶる歴史の一こまであれ知識の次元でしか接近しえない〈事件〉なのだが――の〈経験〉の根深さを見るべきなのだろう。と同時にこのハプニングのうちに、無関心、脱政治化と呼ばれる現象の下部にうごめくものが、ふとその顔を覗き見させてもいたのである。

『眠る男』は、六〇年代フランスのこの〈谷間〉の季節に深く身を埋めた男の物語、あるいはこう言ってよければ、〈眠る〉ことによってこの季節に耐えている男の物語である。彼は『事物』の主人公たちのように、消費社会における幸福の探求にむかい、〈事物〉の幻影に魅せられることはもうない。『事物』の主人公たちが漠然と吸い込み、漠然と吐き出していた不快感は、『眠る男』の主人公にとってはすでに出発点となっている。『事物』の中の次の一節は、前者から後者への移行を正確に告げている箇所として注目に値する。「すべてのことが崩れるのにはたいしたことを必要としなかった。調子はずれのごく小さな音、ほんの一瞬の躊躇、わずかに無作法な身振りだけで、彼らの幸福は崩壊していくのだった（……）」

たしかに『眠る男』の主人公もまた消費社会の周辺部に生きている。ただ、このゾーンを最小限に狭めようとするかのごとく、〈事物〉とはいっさい絶縁し、絶縁することによって〈動作〉＝〈行為〉を〈事物〉の支配から取り戻そうとする。というのも、消費社会とは社会学者が指摘するように、われわれの消費の〈欲望〉を生産することによって〈事物〉の生産を合理化する社会であるが、ということは同時に、われわれの〈動作〉＝〈行為〉を、いやわれわれの〈想像〉さえも〈意識産業〉のうちに搦め取る社会でもあるからである（五月革命以前からフランス社会の分析に取り組んでいた「状況主義インターナショナル」のグループは、これをいみじくも〈スペクタクルの社会〉と名づけている）。いまパリの地下鉄の幾つかの駅には、「広告は広告に信頼する人びとに利益をもたらす」という文字どおりの広告が大きく張り出されている。〈事物〉への警戒心に対抗して考案されたのであろうこれらの文字は、見ただけで吹き出さずにはいられないのだが、消費社会の病の深さをそれなりに正確に映し出してはいるのである。

『眠る男』の主人公の、〈事物〉の全面的な拒否が行きつく地点については、訳者の多言は無用であろう。この小説が、はじめは『他人たち』(Les Autres) と題されていたことを知れば作者の意図は十分了解されるはずである。またこの小説のうちに現代小説のさまざまな流れ——思いつくままに並べ立てるなら、シュールレアリストからル・クレジオにいたる、カフカからビュトールにいたる、フローベールからロブ゠グリエにいたるさまざまな流れ——というよりもむしろこれらの流れとの交差が作り出す渦を見てとることができようが、訳者にとってそれは付属的な興味にすぎないこともあり、私的な覚書きはここで閉じたいと思う。

主要なことは、六八年五月のフランスの覚醒は、まぎれもない〈眠る男〉たちの覚醒であった、という一事につきる。

なお、ここでは紹介する余裕がなかったが、ペレックには他に次の作品がある。

Quel petit vélo à guidon chromé au fond de la cour? (1966)

La disparition (1969)

現在は『W』と題する小説を La Quinzaine littéraire 紙に連載中である。

翻訳にあたっては、ペレックの文章に独特なリズムをどう伝えるかを主眼にした。個々の名詞が喚起するイメージやパリの街々の特徴については、最小限の注釈を加えたが煩瑣になることは避けた。また文中、何人かの作家にたいするパロディが挿入されており、これも最小限の注釈を加えたが見逃した箇所も多いと思う。思い違い、誤訳と合わせて指摘していただければ幸である。

一九七〇年八月

海老坂武

再刊へのあとがき

『眠る男』の初訳は一九七〇年、晶文社から刊行された。訳者三十五歳ごろの仕事である。それ以後、次第に私の関心がペレックから離れていったということもあり、翻訳を見直すことがないままに月日が流れた。今回、水声社から再刊されるということで四十六年ぶりに初訳のゲラを眼の前にして唖然とした。この本は私自身が訳したいと言って晶文社に持ち込んだものなのだが、それにしては数々の誤訳、とんでもない解釈、不適切な言い回し、若かったとはいえ言い訳にはならない。ゲラの前でひとり赤面し、当時の読者へのお詫びの気持ちで一杯になった。
というわけで、あらたに全面的に修正させていただいた。もちろん歳をくったからといって能力がそれほど向上するわけでもない。テキストはかなり難解であり、注意力の及ぶかぎりの修正をしたということである。そして訳註を大幅にふやした。特に神話や文学作品への暗示的言及には、読み取れるかぎり註をつけた。

解説について言うなら、今日の観点からするなら不十分だし、一面的なところもあるかもしれない。例えばペレックがユダヤ人であり、母親をアウシュヴィッツで失っていることには何もふれていなかった。しかしあれこれのイメージを読み解く上でこれは大事なことだった。自分のアイデンティティーについて問う小説として読むこともできるからだ。主語が二人称単数で、それもミッシェル・ビュトールの『心変わり』と違って、丁寧な言い方のVOUSでなくくだけた言い方のTUで書かれ、それが自分自身に向けられていることの新しさにもふれていなかった。どうやら自分の暮らしたパリ（一九六三年九月から六六年二月まで）とまさしく同じ時代のパリが描かれていることに夢中になっていたようだ。また、この文章を書いたのが、一九六八年の五月反乱の熱気がこの日本においてもまださめやらぬ時期だったことも作用しているに違いない。しかしとにかくそのようなものとして『眠る男』を読んだということで、これはこれとして残しておきたい。

その後何年かして、ペレックの死後、この小説を書いた直後（一九六七年五月）に彼がイギリスのウォーリック大学でした講演の記録を読む機会があった。今回は補足としてそれを紹介しておきたいと思う。

「現代フランス小説家の力と限界」と題されたこの講演は、全体としてはペレック自身の歩み、小説家から作家へ（小説からエクリチュールへ）の歩みを物語っており、「エクリチュール」という言葉が批評の世界に大手をふるい始めた時代の文学界、その中でのペレックの位置がわかり興味深い講演だが、いまここで紹介したいのは、ペレックが二つの自作についてなしているちょっとした種明かしである。

まず『事物』（弓削三男訳『物の時代』）については、四人の作家の名前（ニザン、アンテルム、バルト、フローベール）を四方に配置し、その真ん中に Les Choses（事物）という文字をおいた図を示している。パズル好きのこの作家にとって、文学のイメージはパズルであり、創作とは、沢山の作家、沢山の作品に取り囲まれた中で、これぞという一つの「あいた場所」に潜り込むことなのだ。だがそれはともかくとして、なぜこの四人なのか。

ニザンについては『陰謀』を挙げ、この小説の主人公の年齢が『事物』の主人公の年齢に近いことから、小説の主人公にたいするニザンの批判精神が助けになったという。一九六〇年の『アデン・アラビア』の再刊をきっかけに、ポール・ニザンが若者たちに熱狂的に読まれたが、ペレックもその一人だったのかもしれない。

ロベール・アンテルムについては『人類』を挙げている。これは無意識的に頼りにしたということで、『事物』と『人類』とはある種の関係があるのだがこれをうまく表現できない、とためらいを見せている。『人類』はナチスの強制収容所の生き残りであるアンテルムの自伝的ドキュメント、ペレックは六三年に「ロベール・アンテルムあるいは文学の真理」という文章ですでにこの作品を論じている（『家出の道筋』内所収）。その中で、アンテルムの強制収容所物語は「人目を惹くあらゆる訴えを拒み、直接的なあらゆる感情を抑えることのほうを選ぶ」（酒詰治男訳）と書いているが、こうした語りのスタイルという点で二つの作品を関係づけうるかもしれない。

バルトの場合は笑わせる。『事物』では当時の中産階級の生活様式を描くためにペレックは週刊誌『エクスプレス』の「マダム・エクスプレス」というコーナーをふんだんに利用しているのだが、おそらく作家自身あのプチブルの消費生活の描写にうんざりしたのだろう、「そのあとの歯磨き」としてバルトを読んで癒されたというのだ。

フローベールとなるともっと真面目に、『感情教育』から、第一に情景、イメージという点でヒントを得たこと、第二に文章そのものの模倣‐剽窃をしたこと、第三に文体のリズムの模倣をしたこと、と三つの点での影響を語っている。

『眠る男』については、二人の作家からインスピレーションを受けたことを明らかにしている。一人はカフカ。これはこの本の冒頭に、カフカからの引用文がエピグラフとしてかかげられているので特に意外ではないし、失踪、彷徨、逃亡、二人の小説世界の心的風土は似通っている。『罪、苦悩、希望、真実の道についての考察』は逆説にあふれた断章からなり、その幾つかは――ペレックがエピグラフとした最後の断章もそうだが――そのまま『眠る男』の中に移し入れることも可能だろう。例えばつぎのような断章。

「人生の発端における二つの課題――おまえの自己圏を次第に縮小すること、おまえの自己圏の外のどこかにおまえ自身を隠していないかどうか、繰返し追検査すること」（飛鷹節訳）。

もう一人はメルヴィル。とりわけ彼の『代書人バートルビー』は『眠る男』の発想の起源にあったようだ。これはいかなる作品かと言えば、実は、情けないことに初訳のときには気付かなかったのだが、この本の中でペレック自身がこの作品の解説をしている（一五六ページを拡げていただきたい）。要するに、〈引きこもり〉の元祖のような男だが、単なる〈引きこもり〉よりも強烈な意志を持ち、徹底的に無関心を貫き、人々のように生きることを拒否した男の物語なのだ。『眠る男』はいわばその現代版ということになろうか。

『眠る男』以後ペレックは次々に本を出版し、いまや二十世紀フランスの大作家の一人に数えられるようになった。ペレックの死後（一九八二年）は「ジョルジュ・ペレック協会」も設立され、ペレック研究もすすんでいる。

日本では、酒詰治男氏がペレックの代表作『人生 使用法』をはじめとして、『Wあるいは子どもの頃の思い出』、『エリス島物語』、『家出の道筋』、『ぼくは思い出す』などを精力的に翻訳されている。またアルファベットのeを一切用いていないLa Disparitionという作品は、塩塚秀一郎氏が、「い」段の文字をまったく用いないという離れ業によって見事に日本語に移しかえられて『煙滅』と言う題で刊行されている。それぞれの翻訳には詳細な解説が付されており、ペレックの全貌についてはお二人の解説に委ねたいと思う。なお『眠る男』はベルナール・クイザンヌによって一九七四年に映画化されており、日本では二〇一三年二月、エルメス・ジャポンのミニシアターで上映されたことも記しておきたい。

今回の改訳にさいしては塩塚秀一郎氏にお世話になった。幾つもの質問に対して丁寧に適切にご教示いただいたことを感謝したい。

二〇一六年四月

海老坂武

著者／訳者について――

ジョルジュ・ペレック（Georges Perec）　一九三六年、パリに生まれ、一九八二年、同地に没した。小説家。一九六六年、レーモン・クノー率いる実験文学集団「ウリポ」に加わり、言語遊戯的作品の制作を行う。主な著書に、『煙滅』（一九六九年。水声社、二〇一〇年）、『さまざまな空間』（一九七四年。水声社、二〇〇三年）、『Wあるいは子供の頃の思い出』（一九七五年。水声社、二〇一三年）、『人生　使用法』（一九七八年。水声社、一九九二年）、『家出の道筋』（一九七九年。水声社、二〇一一年）などがある。

＊

海老坂武（えびさかたけし）　一九三四年、東京都に生まれる。東京大学大学院博士課程単位取得退学。専攻、フランス文学。主な著書に、『サルトル』（岩波書店、二〇〇五年）、『祖国より一人の友を』（岩波書店、二〇〇七年）、『戦後文学は生きている』（講談社、二〇一二年）、『加藤周一　二十世紀を問う』（岩波書店、二〇一三年）などがある。主な訳書に、アンドレ・ブルトン『狂気の愛』（光文社、二〇〇八年）、サルトル『自由への道』（共訳、岩波書店、二〇〇九年）などがある。

装幀――宗利淳一

眠る男

二〇一六年六月一五日第一版第一刷印刷　二〇一六年六月三〇日第一版第一刷発行

著者――ジョルジュ・ペレック

訳者――海老坂武

発行者――鈴木宏

発行所――株式会社水声社

東京都文京区小石川二―一〇―一　いろは館内　郵便番号一一二―〇〇〇二

電話〇三―三八一八―六〇四〇　ＦＡＸ〇三―三八一八―二四三七

郵便振替〇〇一八〇―四―六五四一〇〇

URL : http://www.suiseisha.net

印刷・製本――ディグ

ISBN978-4-8010-0185-5

ペレックの本

煙滅　ジョルジュ・ペレック　三二〇〇円
美術愛好家の陳列室　ジョルジュ・ペレック　一五〇〇円
家出の道筋　ジョルジュ・ペレック　二五〇〇円
人生使用法　ジョルジュ・ペレック　五〇〇〇円
Wあるいは子供の頃の思い出　ジョルジュ・ペレック　二八〇〇円
ぼくは思い出す　ジョルジュ・ペレック　二八〇〇円
傭兵隊長　ジョルジュ・ペレック　二五〇〇円

＊

さまざまな空間　ジョルジュ・ペレック　二五〇〇円
ウリポの言語遊戯（小誌風の薔薇5）　ジョルジュ・ペレックほか　一五〇〇円
ジョルジュ・ペレック（水声通信6）　ミカエル・フランキー・フェリエほか　一〇〇〇円
ジョルジュ・ペレック伝　デイヴィッド・ベロス　一二〇〇〇円

［価格税別］